聽月亮在你心裡歌唱

Listen to the Moon

如果過去是可以被改變的，
那麼我會喜歡上誰這件事，
是不是也可能改變？

Misa——著

楔子

妳曾經想過未來的自己會是什麼模樣嗎？

而在妳想像中的未來，自己又是怎樣的形象呢？

精明能幹的女強人？溫柔賢淑的家庭主婦？正走在實現夢想的路途上？已經如願達成夢想？還是踏入了婚姻，擁有相愛的另一半？

在無憂無慮的年少時代，我們都以為自己的未來會一帆風順，擁有幸福快樂的人生。

我們都幻想過，電視劇、漫畫、小說裡頭，那個即便遭遇困難也會受到他人拯救的幸運主角，就是自己。

不管遭遇什麼困境，我們一定都能找到解決的方法；不管遭遇多麼絕望或痛苦的事情，都要相信希望所散發出的微小光芒。

所以妳不會料想到，事實上，妳有可能把人生活得糟糕無比。

由妳所主演的這齣劇碼，可能不是喜劇，而是悲劇。

當碰上慘痛的意外，或是與親友生離死別時，起初妳或許還有辦法堅強起來，告訴自己人生就是無常。然而當不幸接二連三時，妳心力憔悴得連好好呼吸的時間都沒有了，怎麼還有辦法樂觀呢？

成爲大人的代價，有時候眞的太大了。不是只犧牲一點什麼，或是放棄一點什麼，便能夠淡然笑著說「這就是人生」。那些代價可能使妳一無所有，讓妳體認到自己面對命運時有多麼無能爲力。

午夜夢迴之際，假如可以再次於夢中當個孩子，回到無憂無慮的學生時代，妳會最想回去哪個時候？

回到那段，會不自覺地哼起歌的青春時光。

第一章

趁著校內舉辦園遊會對外開放，這天我回到了高中母校。

行經一間間教室和校園的各個角落，我回想著高中時的日常。

如果要我說出自己人生中最快樂的時光是哪個時候，那肯定是高中時期。而正是因爲當時過得那麼快樂，才令我往後的生活在對比之下，顯得更加痛苦不堪。

我閉上眼睛，無論流下多少淚水都滋潤不了眼眶，如同我的心靈早就乾枯得無法再萌生任何希望的芽。過往的那些點滴歷歷在目，如今卻人事已非。

成長所要付出的代價是很大的，悲歡離合、生離死別，這兩個詞以往我只懂得字面上的意義，如今卻能眞正體會其中含義。

如果可以，我寧願永遠不要長大，永遠停留在只需要煩惱念書與同儕關係的年紀就好。

好想回去那段單純又快樂的美好時光。

踏入空中花園，我走到了欄杆邊往下望。這側的下方十分熱鬧，青春洋溢的學生們正熱情地在自己班級的攤位上叫賣著，於是我走向另一邊的欄杆，這側的下方是後花園，這時間通常沒有人會待在那裡。

「這邊應該禁止校外人士進入喔。」有個人的聲音忽然從後面傳來，我嚇了一跳轉過頭。

一名穿著制服的男孩正從一張長椅跳躍到另一張長椅上，如此明顯的存在，我剛才竟然沒看見。

「我不是奇怪的人，我是這所學校的畢業生，只是來空中花園走走，懷念一下。」我的聲音十分沙啞，心臟跳得飛快。

「哦，是什麼時候畢業的呢？」男孩好奇地問，他把雙手放在身後，從長椅上跳了下來。

「大概十幾年前吧。」我聳肩，聽著下方傳來的陣陣歡騰聲響，卻感覺距離異常遙遠。

我有多久沒有開懷大笑了呢？

有多久沒有期待著明天的到來？

我花了多少時間懷念過去？

「妳哭啦？」男孩不知何時來到了我面前，我趕緊擦掉眼淚。

「我沒帶衛生紙。」他看起來相當失落，「十幾年前的話，空中花園應該是關閉的狀態，妳怎麼會來這裡懷念過去呢？」

我一愣，「你怎麼知道那時候空中花園關閉？」

這次換男孩聳肩了。

「空中花園的確曾經關閉過兩年，但是在我高三時就開放了。」我扯了扯嘴角。男孩思索了一下，轉轉眼珠子後點頭，「嗯，好像是這樣呢。對了，我叫葉晨。」

「呃……我叫夏蔚沄。」

「喔！夏蔚沄！」他眼睛一亮，露出微笑，好像認識我一樣。

「我們見過嗎？」

「現在見過了。」他笑容燦爛，「妳今天不用上班嗎？還是特地請假回來參加母校的園遊會？妳有什麼傷心的事嗎？否則怎麼會突然掉下眼淚呢？」

一連串的問題令我無法招架，況且向陌生人又是未成年的學生說出自己的隱私也太過可笑，所以我僅是淡淡一笑，委婉地表達拒絕。

「和我分享看看嘛。」然而葉晨並沒有打算接受我的敷衍，「也許會有意想不到的驚喜喔。」

我失笑了，能有什麼驚喜？

難道可以改變過去嗎？

「不了，再怎麼說，那都是大人的事。」我望向遠方，「總有一天，你也會變成大人的，到時候光是自己的事情就夠煩了，不會想去聽別人的煩惱。」

「那就表示現在我還有時間可以傾聽別人的煩惱呀。」葉晨臉上依舊帶著微笑，「不然我這樣問吧，如果能夠實現一個願望，妳這個大人會想許下什麼願望呢？」

「成爲沒有煩惱的人吧。」我說，不過誰能沒有煩惱呢。

「我以爲妳會說希望擁有很多錢。」葉晨所說的，倒確實是許多成年人的最大願望，因爲大多數的問題都可以用錢來解決。

「雖然我的煩惱不是錢能解決的……但好像也行。」我自嘲地一笑，看了眼手錶。我原本是想過來……算了，畢竟葉晨就待在這。

今天大概是不行了，也許改天，或是等下次學校再對外開放的時候。

我對他頷首，準備道別，「那我就先……」

「妳的煩惱，需要回到過去才能解決對吧？」葉晨冷不防這麼說，我不禁睜大眼睛。

「人沒辦法回到過去。」我說，卻對自己瞬間的動搖感到可悲。

「誰知道呢？說不定可以。」葉晨朝我眨眼。

我仔細打量著眼前的男孩，他有著精緻的五官、好看的笑容，絕對是個受歡迎的人。

讓我想起了他。

「那如果時間眞的可以倒流，我希望能讓我修正所有的錯誤。」我說了個不切實際的願望，這大概要有時光機才有辦法做到吧。

「也許眞的可以。」

「別傻了，我們都曉得……」

我話還沒說完，葉晨便抬手指向天空，注視著我淺淺微笑，那褐色的雙眼此刻深幽如潭。

「今晚是月圓之夜，如果向月亮許願的話，說不定會有奇蹟發生。」他瞇彎的眼睛像是新月一般。

「不會有奇蹟的。」我正色，我已經不再奢望奇蹟。

「會有的，只要妳願意嘗試。」葉晨語氣溫柔。

我很想對他說不可能，然而最後什麼也說不出口便離開了。

走出學校，我頭也沒有回。畢業十餘年，我再次回到這裡的目的並未達成。

踏著蹣跚的步伐，我走上了公寓租屋處的樓梯。腳步聲迴盪在陰暗的樓梯間，二樓的照明燈亮著，不過三樓的燈壞了三個月都沒換，四樓的鄰居則是因爲不想浪費電，總是會把燈關掉。

於是，身爲頂樓加蓋住戶的我，得開著手機的手電筒才能平安抵達。

打開家門，只見背著包包的看護正坐在玄關旁的椅子上等待，她一看到我便站起來，神情有些不悅，「夏小姐，我說過很多次了，我必須去接我的小孩放學，所以要麻煩妳準時。」

「我很抱歉，可是我加班……」我的謊言還沒說完，看護已經打斷我。

「我知道妳很辛苦，不過也請妳體諒我，我的要求就只有讓我準時接小孩放學。」看護穿好了鞋子，就要離開。

「我明白，眞的對不起。」

「今天有個男人來找妳。」看護驀地說，我內心一驚，馬上從手機裡找出一張與他的合照，「是這個人嗎？」

「不是。」看護皺起眉頭。

是啊……我在想什麼，他都結婚了，怎麼可能會來找我？

「他說他明天會再過來，還有和妳媽媽打招呼，不過妳媽媽今天狀況不太好，發呆了一整天，剛才已經睡了。」

「我知道了。」我實在想不到現在還有誰會來探望我們，只希望不要是討債的人。拿起一旁的香點燃，我帶著歉意朝看護說：「謝謝妳。」

看護注視著我許久，最後輕輕嘆息，「那我先離開了。」

「辛苦妳了。」我說，沒有再看她。

煙霧繚繞，透過眼前的一片朦朧，我凝視著照片中稚氣的她。

「夏靜羽，妳從來沒出現在我的夢裡過。沒人曉得妳爲什麼要這麼做，與妳有關的一切事物都沒有留下，我曾經覺得妳傻，現在卻覺得妳聰明，因爲妳拋下了一切，把現實的重擔都丟給我。」

曾幾何時，面對我唯一的手足、我親愛的妹妹，我的話語只剩下了欽羨與怨懟。

將香插入香爐，照片中的夏靜羽臉上帶著燦爛的笑，可連她的笑我都幾乎無法直視。

她放棄了自己的生命，卻因此擁有了永恆的笑容。

而活著的我明明擁有生命與未來，卻深陷在悲慘現實的泥沼中無法掙脫，我甚至連怎麼笑都快要忘記了。

轉過身，我望向躺在床上闔著眼的媽媽。她憔悴得不像是五十幾歲，說是七十歲大概也有人相信，那瘦弱的身軀與凹陷的臉頰，有時候看她躺在那裡，我都懷疑她是否仍在呼吸。

她若眞的沒了呼吸，我是不是會鬆一口氣？

才剛升起這個念頭，我馬上敲了下自己的腦袋。

別傻了，別多想了，別再……

目光一瞥，我瞧見桌面上的幾封信件和文件，不外乎是醫藥費、電費、水費、保險、信用卡帳單，有一張還過期了……算了，明天再處理吧。

我走向浴室，又回頭看了媽媽一眼，接著告訴自己不用擔心，她已經睡了，我能夠好好地洗個澡。

在嘩啦嘩啦的水聲中，我想起了許多年前，我們家有個大浴缸。小時候我和夏靜羽會泡在裡頭踢水，幻想那是座泳池。

偶爾爸爸也會跑進來和我們一起玩水，總是把浴室弄得亂七八糟，惹得媽媽生氣，但是最後我們四個人都會大笑起來，那是一段歡樂的時光。

「夏靜羽！」忽然，浴室的門被用力敲響，我嚇了好大一跳，趕緊關掉水龍頭，抓起旁邊的毛巾。

「媽，妳起來了？」我迅速用毛巾將還帶著泡沫的頭髮包起，再拿浴巾包裹住身體。

塑膠門劇烈晃動，媽媽在外頭猛敲著，「夏靜羽！妳又跑去哪了？我不是說過了門禁是六點！下課就要馬上回來！現在都幾點了？」

我打開浴室門，只見她髮絲凌亂，怒氣沖沖。

「媽，我是蔚沄，不是靜羽。」我擠出一個微笑，把手放到她的肩膀上。

「妳是誰？妳怎麼會在我家？」媽媽睜大眼睛，上下打量我，「有小偷啊！」

「媽，是我，我是蔚沄，夏蔚沄啊，妳的大女兒。」我抓著她，想將她帶回床邊，可是她奮力抵抗，扯掉了我的浴巾，讓我頓時光裸著身體，一陣寒意襲上。

「媽！」我忍不住大吼，她被我嚇了一跳，瞪大眼睛，「媽！妳不要鬧了！我是夏蔚沄！妳能不能快點躺好睡覺？」

然而媽媽的視線越過我，望向了我的後方，那裡有張放著香爐和夏靜羽照片的神桌。

我一驚，深怕媽媽出現更激烈的反應，顧不得自己沒穿衣服，趕緊就要遮住她的眼睛，可是她卻像恢復了神智，「妳把爸爸放在哪了？」

「媽？」我試探性地再喊了她。

「爸爸的相片呢？怎麼沒和妹妹放在一起？」她的眼神變得清明，打量著我，「為什麼裸體？」

我拾起地上的浴巾包覆好身體，然後打開一旁的櫃子，爸爸的照片和供品都在裡頭。

「怎麼讓妳爸爸在裡面？爸爸怕黑。」說著，她就要拿起相片，但表情又流露出恍惚。意識到她的停頓，我趕緊關上櫃門，並擋在神桌的方向。

「妳怎麼還在這？都幾點了，為什麼還不睡覺？明天第一堂不是蔡菁諭老師的課嗎？」媽媽又錯亂了，對著早已成年的我說出高中班導的名字。

我只能無奈地扯扯嘴角，「媽，妳先睡覺，我還有功課沒寫完。」

「蔡菁諭老師是個好老師，總是很關心妳，妳如果考上好大學一定要好好感謝她，她是妳的貴人呀。」媽媽摸著我的頭。

我無力地一笑，將她帶到床邊，她很快閉上眼睛，而我嘆氣。

頭髮上的泡沫和身上的水滴都乾了，但地面上都是水。我擦乾地板，再次看了一眼放著爸爸和妹妹遺照的地方，然後將照片都收到抽屜深處。

在眼眶打轉的水珠分不清是淚還是水，我快速返回浴室並再次沖洗身體，悲傷卻無法被水流帶走。

走出浴室，幸好媽媽沒有醒來，我趕緊把握時機，連頭髮都不敢吹便計算起這個月的開銷，結果似乎得解除最後一張儲蓄保險，才有辦法支付生活所需的一切。之後，我們就沒錢了。

我好累，眞的好累。

什麼時候才不用再過這樣的生活？

不知不覺中，我趴在桌上睡著了，直到窗外透入的光線刺醒了我，這才感受到吹進的微風十分冷冽。我起身看了一下媽媽，她依舊熟睡著，讓我鬆了一口氣。

來到窗邊準備關上窗戶，我發現外頭的光亮得詭異，於是拉開窗簾，隨即見到大得異常的滿月。

那樣的月亮彷彿在科幻電影中才會出現，而我的腦中頓時浮現葉晨所說的那番奇怪的話。

「今晚是月圓之夜，如果向月亮許願的話，說不定會有奇蹟發生。」

怎麼可能會有這樣的事情？

我已經不會相信那些奇幻故事了。

我的現實人生就是如此，沒有人會來救我，也不會有奇蹟發生。

所以我關上窗，轉身回到了我的現實——我的媽媽罹患了阿茲海默症、我的爸爸死於器官衰竭、我的妹妹在高中時自殺了——這樣的現實。

「實現願望……難道能讓我回到高中時期嗎？呵……」我笑了聲，躺到另一張床上。

我曾經擁有愉快的童年、美好的青春時代、甜蜜的戀情，我以為這會永遠持續下去。

誰知人生竟是這麼殘忍，如今我和媽媽只能住在這十多坪的狹小屋子中，慢慢地腐朽。

✦

滴滴滴滴、滴滴滴滴——

這什麼聲音？

怎麼會這麼熟悉？

我下意識地轉身按下右方床頭櫃上的鬧鐘，腦中想著，怎麼會有鬧鐘呢？我不是都用手機當鬧鈴了嗎？

而且今天是禮拜六，我應該不會設定鬧鈴，不，就算我不設定鬧鈴，媽媽也會先醒來，所以說這個聲音……

我想起來了，那是來自一個蘋果形狀的鬧鐘，是升國中時爸爸買給我的，那個鬧鐘我用了好幾年，但後來搬家時不見了。

眞是懷念，我還在做夢嗎？居然會夢到鬧鐘響，這也太有趣了。

我不禁莞爾，我有多久沒有因爲想起過去的事而微笑了？

只不過是鬧鐘的聲音，就令我珍惜得想再多做一點這樣的夢。況且按下鬧鐘的觸感十分眞實，我不想張開眼睛，不想看見現實世界中的一切，就讓我再多做一會這樣的夢吧。

我翻了個身，依稀聞到烤吐司和果醬的香味，接著是果汁機運作的聲響。以前媽媽時常做這種早餐，我究竟是還在做夢，還是公寓裡的其他鄰居正在做早餐呢？

打從夏靜羽自殺後，那臺果汁機就沒再使用過了，最後去了哪裡我也不記得，搬家時我們很多東西都沒有帶走。這實在諷刺，那些每天使用的生活用品，在危急時刻竟然一點都不重要。

砰砰砰砰！

來得又急又猛的木板敲擊聲讓我的心抽了一下，立刻睜開眼睛。還來不及意識到不對勁，就先看見了床尾的木門，接著外頭傳來一道不可能出現的嗓音。

「姊，妳還要睡多久？」夏靜羽不耐煩地喊，我從床上彈起來，而夏靜羽也正巧打開我的房門。

娟秀的眉毛蹙了起來，她鼓起臉頰，模樣相當可愛，看起來很年輕……太年輕了，已經可以說是小了。

我這是還在做夢嗎？

無論是眼前的夏靜羽，或是我身處的地方。

「姊，妳怎麼這種表情？」她穿著國中制服，而我眼眶泛紅。

她從來沒在我或任何人的夢境中現身過，沒人知道她自殺的理由是什麼，她的日記、筆記本、課本、e-mail，一切可能留下訊息的東西全被她清理掉了。

我跳下床，朝她的方向跑去。

「哇，妳做什……」夏靜羽來不及把話說完，我就已經整個人撲向她，將她抱在懷裡。

這體溫是眞實的，觸感也是眞實的，我彷彿能感受到她的心跳，她炙熱的呼吸就在我的耳邊，扭動的身軀和大叫的聲音是她存在於此處的證明。

「妳真的瘋了，媽！妳看姊姊啦！」

「妳們兩個到底在做什麼？快點來吃早餐了，不然會遲到！」媽媽走過來，身穿套裝的她顯得精明幹練，雙眼清澈無比。

「媽……」我鬆開夏靜羽，摀住自己的嘴巴，而旁邊浴室的門被打開，剛洗完臉的爸爸皺眉。

「妳們真是一秒都不得閒，每天都吵吵鬧鬧。」爸爸搖頭，繞過我要往他的房間走，我卻忍不住撲進爸爸懷中大哭起來。

他還活著！他也還活著！

「這是怎麼回事啊？」爸爸被我嚇著，雙手放在我的肩上輕拍安撫。

「我就說姊姊升上高三會發瘋吧！」夏靜羽躲到了媽媽身後。

我真的回到過去了，回到了那幸福快樂的一年。

我的高中三年級。

由於成年後的生活太過艱辛，許多年輕時期的事我都不太記得了，早知道真的能回到過去，我就會先翻閱日記喚回記憶，以便改變未來。

根據現在的狀況，我確定自己回到了二〇〇三年，今天似乎是開學日，我剛升上高三，夏靜羽升上國三。

爸媽對於我的異常感到有些擔心，但我以生理期加上做噩夢為理由蒙混了過去，夏靜羽倒堅持我是發瘋了。

眼前是和諧的早餐光景，對我而言這曾經是日常，沒想到，有一天光是能全家坐著一起吃飯，就能令我感謝上蒼。

我在腦中飛快梳理最重要的三件事，第一，夏靜羽是在高三時自殺，自殺前，她把自己所有的筆記本和日記都處理掉了，衣服也全部拿去舊衣回收，宛如想抹消自己存在的一切痕跡。後來，我們才透過附近店家的監視器畫面得知，她在那之後獨自走進了一棟廢棄大樓，跳樓自殺。

第二，爸爸在我二十三歲那年，於晚上十一點多下班返家時，被酒駕闖紅燈的人撞上，雖然救回了一命，卻始終醒不過來。媽媽和我一直不願意放棄，就這樣讓爸爸在病床上躺了六年，幾乎散盡家財，最後爸爸仍舊痛苦地死去。

第三，爸爸過世之後，媽媽宛如成了空殼，什麼也做不了，家中的經濟重擔頓時落到我身上。一開始我以爲她是沉浸在悲傷的情緒走不出來，直到有天她忽然問我是誰，我才驚覺事態嚴重。她罹患了阿茲海默症，並且惡化得十分迅速。

依照時間順序，我首先要挽救的是夏靜羽，她不能死。

我必須查清楚她自殺的理由。

「姊，妳還不出門？」夏靜羽背著書包，正在玄關穿鞋。

這樣一個亭亭玉立的女孩，明明臉上總是帶著笑容，怎麼會自殺？

就我所知，她沒有被同學欺負，應該也沒有感情問題，就這麼突然地選擇了結束自己的生命。

「我今天不太舒服，就不去上學了。」我看向媽媽，希望她幫我請假。

其實我的如意算盤是要留在家中，翻看夏靜羽的日記或其他物品，尋找有無蛛絲馬跡。

「妳該不會是想逃避今天的開學考試吧？」然而我忘記了，生病前的媽媽相當精明，我們的一舉一動都逃不過她的法眼。

正因如此，媽媽才會對於自己沒能察覺到夏靜羽自殺的徵兆而自責萬分。

「不是，我眞的不舒服。」我趕緊咳了兩聲。

「妳感冒一定都會先發燒，不要騙了，我是妳媽，妳在打什麼主意我會不知道？」媽媽哼了聲。我曾經討厭她的精明，現在卻寧願她依舊精明。

「學校裡應該沒發生什麼事情會讓妳不想去呀，不是都過得滿開心嗎？難道政府忽然派兵徵召少年少女，要統一送到某個地方集中管理？妳是擁有超能力的天選之人嗎？」爸爸是個愛看青少年 YA 小說的人，腦中總是有許多奇怪的小劇場，我們都笑爸爸是長不大的男孩。

「我開玩笑的啦，我會去上課。」我無奈地扯扯嘴角。

沒記錯的話，夏靜羽國三時有參加晚自習，週末也會去補習，而我並沒有補習，所以可以比她早回到家。

如果是這樣，等回家後再偷溜去她的房間也行。

「等我一下。」我拿起書包，跟著夏靜羽離開家門。

「姊，妳今天眞的很怪。」在電梯中，夏靜羽狐疑地盯著我。

然而對於她就站在我面前這個事實，我再次熱淚盈眶。

「夏靜羽，妳知道我是妳的姊姊對吧？」

「我的天，妳腦子還好嗎？」

「妳什麼事情都可以告訴我，我永遠都會站在妳這邊。」我堅定地看著她的雙眼。

「我知道啊。」她燦爛一笑，「妳好噁心喔。」

既然妳知道，那為什麼還會自殺？

為何什麼都不告訴我？

我把所有疑問都吞進了肚子裡。

因為我不清楚她的自殺念頭是什麼時候開始有的，我擔心會不小心說錯了話，導致她提前自殺，又或者發生什麼意料之外的變化，讓事態更加糟糕。

面對夏靜羽，我必須要很小心、很小心才行。

「我今天和旻秀約在早餐店，所以我要往這邊走。」來到路口時，夏靜羽這麼說，我的內心立刻升起警戒。

「好，那我去搭公車。」我不動聲色，轉身朝公車站走去，默數了五秒後回頭，正巧捕捉到夏靜羽轉彎的背影，我這才拔腿跟上。

我在離她約兩百公尺的後方小心翼翼跟著，直到望見前方站在早餐店門口的圓臉女孩——那是朱旻秀沒錯。

她的名字我還記得，因爲夏靜羽離開後的每一年，朱旻秀都會在忌日當天去祭拜，同時也會來探望我和媽媽。

所以夏靜羽是眞的和朋友約好了，不是要去做什麼奇怪的事。確認了這一點，我才放心地走回公車站。

等待公車時，我看著自己腳上的學生鞋，以及下身熨燙得整齊的百褶裙，又拿起書包側邊掛著的學生票悠遊卡，然後打量起街道上行人的穿著，有些人還聽著CD隨身聽。另外，馬路上的汽車也是舊時的款式，因此雖然難以置信，但我眞的回到了二〇〇三年。

這一年，對台灣造成劇烈影響的SARS疫情直到七月才終於落幕，那時候的手機無法上網，無線上網技術也才剛開始普及，人們在網路上最常使用的聯絡方式是即時通或e-mail，連無名小站也才成立不久。

深吸一口氣，我對學生時代的一切既熟悉又陌生，明明懷念卻又害怕。高三的時候，有太多如今已經不在的人仍在我的身邊，我該如何面對他們？我該怎麼和他們相處？而高三的我又是怎樣的性格？

搖搖頭，我只記得自己三十四歲時和他們的關係，卻不確定自己高三那年和他們的關係。

「夏蔚沄，早安！」陷入思考中的我，被人用力拍了下右邊肩膀，我嚇了一大跳轉身，一雙笑彎的眼睛和清湯掛麵的髮型映入眼簾。

「王伊眞……」

「眞不敢相信我們高三了，欸，妳決定好要考哪間大學了嗎？妳是選學校還是選科系？」王伊眞皺起眉，認眞煩惱著這個對目前的我來說，根本不是什麼煩惱的問題。

她是我高中時的好友，然而當我三十四歲時，我們已經幾乎斷了聯繫。不是刻意，只是我們都無力再經營友情了。

王伊眞在二十六歲結婚生子，從此把人生所有重心都放在老公和孩子身上，可是三十歲那年，他們居住的大樓失火，她因此失去了兩位摯愛，精神崩潰。她再也無法正常生活，便被送進了療養院，而她的家人希望我們這群高中同學別再跟她見面，因爲她看見任何一個同學，都會想起她的老公和孩子。

因爲她的老公，也是我們高中時的同班同學。

「施宇銜想讀的大學沒有我要塡的科系，而我想去的大學雖然有他想要選的科系，可是不是頂尖的，好煩喔。」她嘮叨著我多年前也聽過的抱怨，曾經我們以爲選科系和遠距離戀愛，就是人生最大的煩惱了，「要是我們大學念不同學校分手了怎麼辦？人家不都說畢業就是分手嗎！」

她是眞的十分擔憂，而根據我所知曉的未來，他們確實會念不同的大學，一路上雖然經過許多磨合，可是雙方感情始終穩定，後來結婚、生子，擁有一切的幸福……最後失去一切。

「夏蔚沄？」她歪頭看我，等待我的回答。

「無論怎樣，妳和施宇衛最後都一定會結婚的。」我扯出一個微笑，告訴她這個事實。

「吼，一點建設性都沒有。」王伊眞並不領情。

「王伊眞。」我牽起她的手，對於這個我從來不曾做過的舉動，她顯然相當疑惑，「我想問妳一件事。」

「妳幹麼這樣，好噁心喔。」她扭動著手。

「假如……妳能夠擁有幸福快樂的生活，除了愛妳的老公和孩子，事業也有所成就，可是有一天將發生劇變，他們都不在了，妳也崩潰了……假如得知未來會如此悲慘，妳還是願意繼續和對方在一起嗎？」說完，我抿著嘴。

「好討厭的問題。」王伊眞扮了個鬼臉，「但如果能夠曾經很幸福過，這樣子也沒關係。」

「眞的？」

「對呀，擁有一段刻骨銘心的愛情是多麼不容易，只要曾經很幸福就夠了，愛就是要這樣呀。」王伊眞稚氣的臉龐流露出對崇高愛情的嚮往。

聞言，我並不意外，於是只能苦笑。一直以來，王伊眞就是個愛情至上主義者。

在未來，她確實非常幸福過，有些人一輩子都無法像她一樣擁有那樣美滿的家庭，爲了那段幸福，或許她眞的能心甘情願承受後來的痛苦。

於是，我將這份遺憾放在心中。或許年輕時的我會想盡辦法阻止悲劇，只爲了令朋友得到我所認定的幸福，然而三十四歲的我，已經明白了每個人的人生都是自己所選擇的。

況且，我自己的人生都需要拯救了，實在沒有餘力再去拯救他人。

我唯一能做的，就是輕輕抱住她，給她一點點忠告：「以後如果要買房子，不要買你們一開始決定的那間，知道嗎？」

接著，我告訴了她那棟大樓的名稱。

「買什麼房子呀，而且妳講的那個是什麼？唉唷，好熱，不要抱我！噁心。」

王伊眞怪叫幾聲，伸手想求救，這時公車正好來了。她在我的環抱下跌跌撞撞上了公車，還被司機告誡不要玩耍，很危險。

「妳們在做什麼？」一上公車，一道鄙夷的目光便投來。

我一驚，沒想到會這麼快就見到他。

他站在後門附近，背包背在身前，一隻手拉著吊環，一隻手拿下了一邊的耳機，對著我和王伊眞說話。

這瞬間，我幾乎倒抽了一口氣。

「歐立穎，早安呀。」王伊眞挑挑眉，瞧了一眼他手裡的隨身聽，「聽什麼歌？」

「英文歌。」他聳肩，齊劉海恰到好處地覆在他的額頭上，該是看起來俗氣的髮型，在他的臉上卻十分時髦。用二〇二〇年的審美標準來看，歐立穎還眞是走在時尚尖端。

他瞥了我一眼，露出微笑，朝我遞來一邊的耳機，「不是要聽嗎？」

我先是一愣，意會不過來他的意思，接著驀地想起那個隨身聽是他暑假生日時，我送給他的禮物。不過他爲什麼要讓我聽？

「妳不是說我第一次用的時候，妳也要聽聽看音質？」歐立穎對於我的茫然感到好笑，我這才驚覺好像眞有這麼一回事。

「啊，對喔！」我接過了他手中的耳機，卻忍不住直盯著他的臉瞧。

「怎麼這樣看我？」他好奇地歪了頭。高三時的他比我高一個頭，而我記得我們之間的身高差距也始終都是一個頭。

「沒什麼。」我欣慰地一笑，心中湧起了想哭的衝動。

歐立穎是我非常要好的朋友，如果說男女之間有純友誼的話，那一定就是我和他了。即便大學就讀不同的學校，我們也時常見面談心，可是他卻在大二時與我漸行漸遠，當我失去夏靜羽後，他也永遠消失在了我的人生之中。

他的消失，是我這輩子最無法釋懷、也最無法原諒的事。

「妳今天怪怪的。」歐立穎疑惑地說，我趕緊搖頭，接過了他的耳機。

裡頭傳來激烈的演奏旋律，以及男主唱的嘶吼嗓音。

「你在聽聯合公園的〈Faint〉呀。」眞是懷念，大學時代的我很喜歡這首歌。

歐立穎卻相當訝異，「妳什麼時候這麼關心西洋歌曲了？這今年三月才發行耶。」

啊，我是個跟流行總是慢半拍的人，都忘記了。

這首歌我是在歐立穎分享給我後才知道的，但大學的時候我才喜歡上這個樂團，那時候我們還一起去看了聯合公園的演唱會。

「因為我也喜歡他們啊，知道主唱輕生的時候，我難過了好久……」

「輕生？」歐立穎大叫，引來了眾人側目，「什麼時候？我怎麼不知道？」

「就是二〇一七年……」說著，我噤聲了。對二〇〇三年來說，那是未來的事。

「二〇一七年？妳在講什麼？」歐立穎瞪大眼睛。

「而且二〇一二年不是世界末日嗎？我們應該都活不到二〇一七年。」王伊貞插話。在二〇一二年真正來臨前，全世界都流行著馬雅末日說。

「如果二〇一二年真的會迎來世界末日，那妳根本不用擔心考大學的事。」我忍不住吐槽王伊貞。

「明年就要考大學了呀！在末日以前，我還是要先面臨考大學跟找工作，當然必須煩惱！」王伊貞鼓起臉頰。

「妳那種無聊事情一點都不重要。」歐立穎沒好氣地說，然後又急迫地問我，「所以主唱輕生？什麼時候？」

「沒事啦，我只是做噩夢。」我趕緊擺擺手。

「不要亂做這種夢好嗎，很不吉利耶！」歐立穎抱怨，「對了，剛才上公車前，妳們在聊什麼這麼開心？」

「好變態喔，這麼注意我們。」王伊眞故意調侃。

「妳們動作這麼大，又被司機警告，想不注意都難。」歐立穎翻白眼。

「沒，只是在講王伊眞貫徹《現在，很想見你》那部電影的概念，只要是爲了幸福，一切挫折都沒關係。」雖然情況有點不一樣，總歸來說有相似之處。

「現在什麼？那是什麼電影？」向來關心電影的王伊眞皺眉。

「就是那部我們一起去……」頓時我又閉口不言，那是我在大學時和王伊眞一起去看的電影。

「電影我不熟。」歐立穎聳聳肩，他對電影興致缺缺，倒是對電影的主題曲很了解。

「什麼東西啦。」王伊眞皺眉，我只是搖頭，決定閉嘴。

看來我在說話前得提醒自己現在是二〇〇三年，別再講出未來的事了。

雖然我回到這年的目的是要改變自己的未來，但電視劇和小說中常提到，改變過去等於是更動了歷史，即便僅是一點點，也可能因爲蝴蝶效應而令世界產生巨變，甚至會造成時空錯亂之類的。

我沒那麼偉大，願意爲了世界犧牲自己，我只想改變自己的人生，想扭轉自身的悲慘命運。我會用盡力氣修正一切，只是眞的得小心謹慎些。

「妳在想什麼？」我回過神，這才發現歐立穎圓亮的雙眼盯著我的臉。

「沒事啦，你背你的單字。」我指了指他手中的單字卡。

他打量了我一會，才把目光移開。

一路上，耳機裡傳來的全是熟悉的歌曲，即便到了三十幾歲，我偶爾聽的音樂仍是學生時期所聽的歌。

可見青春時代的一切，眞的會影響人的一生。

我環顧公車上的所有乘客，他們不是在睡覺就是在看書，或是和旁邊的同學聊天、欣賞窗外風景。

二〇〇三年，上網才剛開始變得方便，誰能想到未來會人手一臺小型電腦，也就是智慧型手機呢？智慧型手機的問世，導致許多人無論何時都低著頭滑手機，於是人與人之間也越來越疏離了。

我還沒感嘆完，公車就抵達了學校，歐立穎下車後說他要先去買早餐，便往另一個方向走，我和王伊眞則朝校門走去。

路上學生來來往往的場景讓我無比懷念，我好幾次都夢見自己回到了高中時代，在教室裡頭和同學們談天。那是最無憂無慮的時期，我們卻總是自以爲擁有著全世界的煩惱。

「欸，所以是怎樣？」王伊眞用手肘頂我。

「什麼？」我不明所以。

「就我昨天問的那個啊，到底是怎樣？」

昨天？

對十七歲的夏蔚沄來說是昨天，可對我而言已經是十七年前的事了，哪還記得是什麼。

「吼，妳很健忘耶！」王伊眞小小翻了白眼，「就是妳跟歐立穎啊，哪有什麼純友誼啦，少騙人了，剛剛你們還一人一邊耳機聽音樂，很曖昧耶，眞的沒有偷偷在一起？」

啊，原來是這個問題。

過去我和歐立穎時常被大家懷疑關係，許多人都認爲我們最後絕對會在一起。可惜讓大家失望了，我們從來沒在一起過，連一點點的曖昧都沒有。

「我們眞的只是好朋友。」我明白這麼說王伊眞肯定不會相信，果然，聞言她又翻了個白眼。

就連衛士然也曾再三向我確認，我每次都要他別瞎操心，歐立穎就只是我很好、很好的朋友。然後某天，歐立穎這位朋友就消失在了我的生命中……等等，衛士然！我怎麼沒想到改變他！

「衛士然！」

「衛士然？怎麼忽然提到他？」王伊眞一臉不解，畢竟衛士然雖然和我們同班，可是這時候我們並不同掛。

「沒什麼。」我搖搖頭，給她一個敷衍的微笑，在心中盤算起來。

「妳今天眞的好奇怪。」王伊眞聳肩，我們朝教室走去。四周一片寧靜，還不到早自習的時間，大家卻都坐在座位上念書。

我曾以爲高三是人生最痛苦的階段，殊不知那只是一個過程，往後成爲大人之後，或許不需要再面臨課業壓力了，但更多的是逃也逃不掉的責任。

成爲大人以後不能隨意哭泣，因爲哭泣並不能解決問題，只能選擇堅強面對。撒嬌和軟弱是孩子的專利，是還有人心疼妳時才能有的特權，當只有自己能成爲自己的依靠時，連睡眠都是奢侈。

想到這裡，我趕緊搖頭。別再自尋煩惱了，專注於現在才是對的。

「早安。」坐在後門旁的黃韶瑾一見到我們進教室，便抬起頭打招呼。

她的外貌與成績都不是特別突出，但總是散發著恰到好處的氣質，長大後我才發現，這樣的人其實很不容易。她總是能在適當的時機出現在適當的地方，未來一片光明，我記得她是班上最快躍升主管階層的同學。

她絕對是個好女孩，然而，我對她的感覺卻頗爲複雜。

「早安，才剛開學大家就這麼拚呀。」王伊眞對她說，接著在同一排倒數第三個座位放下書包。

「畢竟如果第一次學測就能考上，就不用再報指考了。」黃韶瑾聳肩，她的短髮紮成了俐落的小馬尾，綁不起來的幾束髮絲則用髮夾別好，顯得一絲不苟，就像她一直以來的認眞性格。

這時候，我意識到了一個問題，就是我不記得自己的座位在哪。

不過這並不會造成我的困擾，畢竟我的實際年齡可是三十四歲。我直接坐到了王伊眞旁邊的位子，她頓時一臉困惑，「妳幹麼亂坐？」

「先跟妳聊天一下，等等再回座位。」我泰然自若。

「那我們來聊剛才那個話題吧。」她眼睛發亮。

「剛才的話題很多，妳是說哪個？」

「吼，就是歐立穎呀！」

「就說了，我們是好朋友，妳別多想。」我無奈地說，然後快速環顧整個教室，大概只剩不到五個座位還沒有人，包含我現在這個位子。

「妳們還在聊天喔，第一節課不是要考試？」歐立穎拎著早餐從後門進來，一看見我就皺眉，我連忙提起自己的書包。

「幫我先拿到座位上好嗎？」

「我又不是妳的僕人。」歐立穎說歸說，還是拿著我的書包離開，走到了倒數第二排後，放在第五個座位，同時他也在那個座位的隔壁坐下。

好，知道自己的座位在哪就沒問題了。

「借過。」

當我準備起身時，一個低沉的嗓音傳來，揪住了我的心。

我抬起頭，那張略帶一絲稚氣的帥氣臉龐映入眼簾，他立體的五官像混血兒一般，深邃的雙眼時常顯得憂鬱。

衛士然。

我曾經很愛的那個他。

「啊，原來這邊是你的座位。」不妙，我快要哭了。

我趕緊起身，逃也似的回到自己的位子上。

「妳眞難得沒有準備考試，而是在那邊聊天。」歐立穎咬著吐司，隨即注意到我的臉色不佳，「還是妳不舒服？」

「沒有，只是有點頭暈。」我扯謊，伸手搶過歐立穎尚未開封的奶茶，「一定是血糖太低，給我喝。」

「拿去喝拿去喝。妳確定沒事？要不要我去福利社買巧克力？」他擔憂地問。我都忘了，歐立穎總是如此貼心。

我只記得高中時我和歐立穎是很好的朋友，當年的我大概遲鈍了點，沒怎麼注意到他的這些舉動，而大學畢業後歐立穎就和我斷了聯繫，所以我也沒機會發現。

不過如今三十四歲的我返回高中時代，看著歐立穎此刻的反應，要不是我深知未來他和我什麼都沒發生，大概會認爲他對我有好感吧。

「歐立穎呀，你要記得和女生保持安全距離。」我猜，他或許是很不會拿捏距離的類型。

只是其實我聽說過好幾個女生喜歡歐立穎，卻從沒見過他和任何人交往……哦，不，他似乎曾經有過一個對象，但我每次問他，他都閃躲不願回應，非常保護對方，所以我也沒見過。後來我們失去了聯絡，我更無從得知他和那女孩是否順利修成正果了。

「妳又在發呆了？」歐立穎緊皺眉頭，只差沒伸手過來摸我的額頭確認有沒有發燒。

「我真的沒事啦。」

「那剛才那句話是什麼意思，我有和誰太接近嗎？」歐立穎問。

「沒有，反正別理我，我今天可能講話會比較顛三倒四。」我揮揮手，歐立穎看似還想說些什麼，但此時早自習的鐘聲響起，每個人都乖乖回到了座位上。

「準備好開始小考了嗎？」蔡菁諭老師準時踏入教室，我亮了眼睛。是好年輕的她呢。

當初畢業後，有好幾年我和蔡菁諭老師都保持著聯絡。她是位非常好的老師，對每個學生都一視同仁，不以成績來評斷優劣，且總是耐心地傾聽每個人的煩惱。如果我沒記錯，在我高中時，年約四十歲的蔡老師始終是單身，直到高中畢業後，我才在同學會上聽聞她似乎有了好的歸宿。

我還記得那時我有點難過，因為畢業後我和蔡老師明明經常見面，她卻從來沒提過自己有了對象，為此我抱怨了好一陣子，老師還向我道歉呢。

當時我對她說，最好的道歉方式就是結婚時要請我喝喜酒，她卻似乎很為難，大概是因為我曾是她的學生，她認為向學生收紅包很奇怪吧。

只是不久之後，夏靜羽自殺了，幾年後爸爸也發生意外，再加上歐立穎早已不在我身邊，我和衛士然的關係也岌岌可危，總之，在一團混亂的情況下，我和蔡老師便斷了聯絡，這一直是我心中的遺憾。

所以能再次見到蔡菁諭老師，對我來說意義重大。

站在講臺上，蔡老師先是環顧全班同學一眼，然後看著我微笑了一下，接著發下考卷，「這只是一個簡單的小考試，看看大家放個暑假是不是把學的都忘光光了。」

「老師，我們暑假都還要來學校上課跟去補習，不會忘記的啦。」施宇銜吊兒郎當地回應，可是並不討人厭。

「那就等你考一百分嘍。」蔡老師笑著表示。

遙想當年我好歹也是班排前三，還考過一、兩次全校第一名，所以應該是沒問……一拿到考卷，我就收回這個想法了。

看樣子我的腦袋退化得比想像中還快，我完全看不懂上面的數字和英文所代表的意思，這些我以前真的學過嗎？

最後，我幾乎是交了白卷出去，結果第一節課下課就被蔡老師找去辦公室。

「最近發生什麼事了嗎？」她擔心地問，並小心翼翼地打量我，她的桌面上放著我早自習寫的那張考卷，居然才二十五分。

「呃……我今天有點經痛。」我隨便扯了謊。過去這種離譜的分數從來沒有出現在我的成績欄上過。

「真的沒事？」蔡老師再次確認。

我點頭，總不能說是畢業後就把所學的全還給老師了。

「不是家裡發生什麼狀況吧？」

她怎麼會這樣問？

「當然不是，老師，我真的只是不太舒服。」

「沒事就好。」她拉起我的手，握在她的雙手掌心，「有事的話一定要跟我說，不要悶著。」

啊，就是這種溫暖的感覺。

高中時期，不管遇到什麼煩惱，我都會找蔡菁諭老師商量，與其說是老師，她或許更像我的姊姊。老師不會批判我，也不會阻止我，就只是靜靜地聽著，適時給予意見。

這一點，無論是夏靜羽還是媽媽都做不到。

走出辦公室，我意外看見歐立穎喝著奶茶站在外頭等我，一瞧見我，他便將另一個鋁箔包丟給我，我反射性接下，是生活冰奶茶。天啊，這個牌子也好懷念。

「你怎麼在這？」我插入吸管，走到他身旁，也靠在牆邊。

「妳今天怎麼回事？」歐立穎眉宇間流露出擔憂，我只能聳聳肩裝傻，但他仍緊盯著我不放，「好像怪怪的。」

我知道歐立穎除了細心以外，觀察力也非常好，可是他在高中時就這麼觀察入微嗎？

「哪裡怪怪的？」不過再怎麼說，我的內心也是三十四歲，沒道理會被十七歲的歐立穎看透，因此我正面迎擊。反正歐立穎再怎樣聰明，也不可能想到我是來自未來。

「就是好像換了一個人一樣。」

結果我卻還是被他的回答嚇到了。

「不對，也不能說是換了一個人，其實還是妳，只是很奇怪。」歐立穎似乎也搞不清楚自己在說什麼，「妳是不是發生了什麼事，才會行爲怪怪的？」

「我月經來。」

「啊？」歐立穎先是一愣，接著瞬間紅起臉，「什、什……」

「嗯，月經來，這一次很痛，昨晚都睡不著，所以我今天頭昏腦脹，講話都怪怪的，還有點小失憶，感覺血一直在流，結果考試也失常了。」我一口氣說完這些少女時期的我絕不可能說出口的話。

隨著年紀增長，我明白了所有少女都終將變成歐巴桑，許多曾經難以啟齒的話都能輕易脫口，再厚臉皮的舉動也做得出來。

不過對目前是青少年的歐立穎來說，我直接說出「月經」兩個字的殺傷力可就大了。

沒辦法，誰叫這小子出乎意料的敏銳，我只好用這一招。

「原、原來是這樣……難怪妳早上說頭暈，對不起，是我沒注意，我……」他慌亂地遮掩自己發紅的臉，雙眼甚至不敢看我。

「沒事，我很快就會恢復了。」我微微一笑，往教室的方向走去。

「欸，如果妳很不舒服的話，要不要我去買點什麼？巧克力？熱水袋？」他跟上我。

「不用，我休息一下就好。」我擺擺手。

回到座位時正好打鐘，我拿出這節課的課本，接著在空白處寫下「衛士然」三個字。

察覺到似乎被誰的視線盯著，我一抬頭，發現歐立穎正探頭看著我的課本。

「偷看什麼呀！」我趕緊伸手遮住。

「衛士然？妳爲什麼要寫他的名字？」他顯得十分狐疑。

「寫一下不行嗎？我也可以寫你的名字。」說完，我飛快地在課本上寫下「歐立穎」三個字，還重複寫了好幾次。

「妳今天眞的很奇怪。」歐立穎搖頭。

「就說我月經來。」

「不要再提那兩個字！」他紅起臉斥責。

「你歧視喔。」

「不要亂用歧視這個詞！」歐立穎又瞥我一眼，「妳今天眞的很奇怪！」

「就說因爲我……」

「好了！不要再說！」

呼，終於解決歐立穎。

開始上課後，歐立穎的注意力轉往黑板上，而我瞥了一眼位子距離我有四排的衛士然。

高中時我和衛士然並不熟，甚至沒講過幾句話，一直到大二那年的高中同學會，我們因爲偶像劇《愛殺17》而有了共同話題，此後才開始頻繁地互動，時常去彼此的無名小站網誌留言，還會相約一起打線上遊戲。雖然就讀不同大學，不過我們就這樣在一起了，他陪我走過夏靜羽自殺、爸爸發生意外，然而在現實的壓力下，我們的感情終究逐漸消散。

當時我一直想著，也許是我們的感情基礎不夠深厚，才會被現實層面的問題擊敗，畢竟那些傷痛不是每個人都可以幫忙分擔的。

夏靜羽自殺的時候，我和衛士然在一起還不滿一年，當時我的崩潰，以及我們家中的悲痛氛圍，或許眞的是一個二十歲的男孩無法承擔的，不過他仍是努力地陪我走過。

好不容易稍微振作了一點，然而在我二十三歲時，爸爸發生了意外，接踵而來的打擊使我變得歇斯底里，把許多怒氣、悲傷和痛苦都發洩在衛士然身上，他承受得太多，最後超出了負荷，況且那時他還在當兵。

於是我們分手了，只是我仍不免想要埋怨，爲什麼他沒辦法陪我度過難關？如果眞的相愛，不是該彼此扶持，並且陪伴對方走過最低潮的時期嗎？

後來……我瞥了眼正認眞聽講的黃韶瑾。

她和衛士然結婚生子了。

她是什麼時候和衛士然越走越近的？是在我之前，還是之後？

我知道他們念同一所大學，但他們是什麼時候變熟的？

他們談了多久的戀愛？爲什麼我都不知情？

當時我非常痛苦，即便到了現在也很痛苦，可是這份痛苦並不是來自於遭受背叛，而是怨恨自己的不幸。

怎麼成爲大人以後，沒有一件好事？

我的視線轉到坐在一旁認眞聽講的歐立穎身上。

這個混蛋，居然在我大二時和我漸行漸遠，我曾經問過他爲什麼疏遠我，他卻說他事情很多很忙，還說什麼本來就沒有永遠的朋友。

好，和衛士然熱戀時，我確實有點重色輕友，可是歐立穎也太過分了。

我最後一次見到他，是在夏靜羽的葬禮上，之後他就這麼消失了。關於爸爸和媽媽的情況，我想歐立穎肯定有所耳聞，但他從沒有來關心過我，完全人間蒸發。

越想越氣，我忍不住拿起桌上的橡皮擦丟他。

「唉唷！」歐立穎摀著自己的右臉頰，不可思議地看向我，「妳幹麼？」

「歐立穎，怎麼了？」臺上的老師問。

我立刻裝乖看著黑板，歐立穎啞巴吃黃連，無奈地低下頭說：「沒事。」

「沒事就上來解這道題目。」

我偷笑著，而歐立穎只能乖乖上臺。雖然那題目根本難不倒他，我記得歐立穎的成績很好。

就在望著歐立穎背影的這瞬間，我想起自己以前上課時也會故意鬧他，有次打掃時不小心打破了花瓶，卻是歐立穎幫我扛責。

他永遠也不會背叛我。

我怎麼直到現在才意識到這一點？

這樣的歐立穎，怎麼可能會在我最需要幫助的時候離開我？

當年他是不是也發生了什麼事，只是我太專注於自己的困境，而沒有注意到他的難處？

我咬唇，罪惡感頓時湧上，也許我並不是個稱職的朋友。

於是下課後，我去福利社買了冰奶茶給他當作賠罪。

「妳今天到底是怎麼了，真的很奇怪。」說完，歐立穎連忙豎起食指示意我噤聲，「不要再用那兩個字唬弄我！」

這回我好心放過了他，僅是咬著吸管，望向在樓下球場上奔馳的那道身影，衛士然。

我明白的，即便回到過去，有些事情依然沒有辦法改變。

例如媽媽的病。

阿茲海默症無法治癒，再加上媽媽似乎有家族遺傳，所以其實我和夏靜羽也有機率發病。

既然未來的媽媽出現了症狀，那這件事就一定會發生。這個事實是如此殘酷，我唯一能做的，只有盡量想辦法讓她的病延後發作。有一天，她還是會變成那個神智不清的她，而且病況只會越來越惡化。

截至目前，我必須扭轉的事又增加了幾項。

第一，阻止夏靜羽的自殺。

第二，讓爸爸避免發生意外。

第三，想辦法延後媽媽發病的時間。

第四，不能再失去歐立穎這個朋友。

第五……

「我今天確實有點奇怪。」這時，我靜靜地開口。

「嗯？」歐立穎應了一聲。

衛士然，或許當年你的離開，是因爲我們的感情尚未建立好基礎，就受到了現實的摧殘，不是我們愛得不夠深刻，不是沒有愛過。

「因爲我發現，我喜歡上衛士然了。」我注視著正在投籃的衛士然，我以前愛過、如今也還忘不了的男人。

這一次，換我先追求他，將我們的愛情根基紮穩，讓我們能夠一起面對現實的挫敗。

然後，一起迎向被我改變後的美好未來。

第二章

「好了，今天就教到這邊，連上兩堂數學課，大家想必都累了。提醒你們一下，空中花園已經重新開放，歡迎去走走看看，那裡的花都開得很漂亮，但大家還是要注意安全。」蔡菁諭老師叮囑完畢後，下課鐘聲隨之響起，我馬上起身準備往外走。

「妳要去哪？」歐立穎叫住我。

「我去晃晃。」我隨口一答，卻見他欲言又止，「幹麼？」

他看了我，又小心翼翼地瞥了一眼坐在位子上睡覺的衛士然，露出不可思議的眼神。

「啊，那是眞的，我是眞的喜歡他。」我的這記直球讓歐立穎瞠目結舌。

「爲什麼？妳和他又沒交集。」他完全不信，「況且眞的喜歡的話，怎麼能這麼坦然地說？不是應該要害羞嗎？」

也是，高中生的確會不敢說、會害羞、會害怕。

可是我並不是高中生。

現實的殘酷遠比被被喜歡的人拒絕可怕，因此我聳聳肩，「反正就是這樣。」

我往教室外跑去，歐立穎沒追來，而我的目的地是空中花園。

我並沒有預期會在那裡見到葉晨，畢竟我現在身處二〇〇三年，我只是想去看看而已。

當我抵達關閉了兩年、今天才重新開放的空中花園時，人多到出乎預料。意想不到的是，我一眼就看見了他。

他同樣站在長椅上來回跳躍著，雙手平舉在身體兩側，表情輕鬆而愜意。

我走到他身邊，不敢置信地盯著他瞧，他看起來和二〇二〇年時一樣，模樣完全沒有變，無論是髮型、長相、穿著，又或者是整體的氣質，還是那個葉晨。

「葉晨？」

他一愣，雙臂緩緩放下，轉過身對上我的目光，雙眼之中是滿滿的疑惑。

「咦？妳、妳叫我嗎？」他訝異無比。

「你怎麼會在這裡？」我的訝異並不亞於他。

「什麼？」坐在一旁的學生卻看著我，「爲什麼不能在這？」

「不是，我是說他。」我指了指葉晨。

然而他的視線掠過了葉晨，狐疑地問：「誰？」

「哎呀，大家看不到我啦，我好訝異妳能看到我耶！」葉晨笑了兩聲。

「你、你是……」我怎麼沒想到這個可能性，「鬼……嗎？」

「什麼鬼啦？」那個學生不悅地起身，離開了這裡。

葉晨哈哈大笑，從長椅上跳了下來，並且輕巧地閃過旁邊的人，所以我不確定他究竟有沒有實體，「妳怎麼知道我的名字？」

「是你自己和我搭話的！」

「我沒有啊？」葉晨兩手一攤。

「不是，是你告訴我可以向月亮許願，然後一覺醒來，我就回來二〇〇三年了。可是……你怎麼會和我之前見到你的樣子完全相同？不，等等，現在的你應該根本還沒出生吧？」

他微微睜大眼睛，似乎在思索什麼，接著輕笑起來。

「所以說都是眞的……」他低語，抬頭看我，「妳來自未來是吧？」

「對，而且我遇到了你，你和現在的外貌一模一樣。」

「對現在的我來說，妳說的是未來的事情。可以告訴我詳細狀況嗎？」

「可以，不過如果我們在這邊說話，大家好像會覺得我很奇怪。」我稍微環顧了一下四周，沒有人的目光停留在葉晨身上，而是都在好奇地打量我「自言自語」。

葉晨一笑，「那往這邊。」

我跟著他走到花園的角落，在豔陽底下，他是有影子的，身體也並未轉爲透明，至少跟我認知中的鬼不一樣。

我想，他大概不是鬼吧，至少不是我害怕的那種鬼。

於是我把那天在空中花園發生的事情告訴了葉晨。

聽完，他的眼睛亮了起來，神情有些興奮，「所以妳眞的因爲向月亮許願而回到了過去？」

以前要是有人對我說眞的能穿越時空，我絕對會認爲他發瘋了。

但是此刻我就身在二〇〇三年的時空，而本該存在於二〇二〇年的葉晨，卻在我的面前。

「眞神奇，明明是未來的你告訴我向月亮許願的事，現在的你卻不知道。雖然你不知道未來的事是理所當然的，可是看起來，你的年齡似乎並不會隨著時間流逝而變化。」

「我也覺得很神奇，聽到未來的自己眞的做了這件事……所以，那是眞的。」說著，葉晨垂下目光，「二〇二〇年呀……」

他顯得十分寂寞，所以我下意識地想拍拍他的肩膀，手卻穿了過去，然而他的身體並沒有變透明。

「不要怕我。」他抬起頭，貓眼般的褐色雙眸彷彿看穿了我的細微恐懼。不過，我用力搖頭，「我不會怕你，我要謝謝你讓我回來了二〇〇三年，讓我有機會可以改變一切。」

聞言，他微微一笑，「那二〇二〇年是美好的一年嗎？」

「一言難盡，但對我來說的話，畢業以後，每一年都比前一年還要糟糕。」我苦笑著。

「都回到二〇〇三年了，就別再皺著眉頭啦。」葉晨伸手在我面前一彈指，「好好振作，妳不就是爲了改變未來才回來的嗎？」

「你知道期限會是多久嗎？」

「什麼期限？」

「就是我回來了二〇〇三年……這是表示我將從二〇〇三年開始重新活過一遍，還是某天睡醒我會發現一切只是一場夢，二〇二〇年的我人生也沒有任何變化？」

「我不清楚呢。」葉晨不負責任地笑了笑，「基本上，我根本不曉得今天會遇見妳，啊，不過二〇二〇年的我肯定是曉得的。」

我想起了二〇二〇年的葉晨聽到我的名字時的反應。

所以二〇二〇年的他知道我會回到二〇〇三年，因爲他在二〇〇三年已經見過我了！

「打鐘了。」葉晨看向前方，空中花園的人潮逐漸散去，「妳叫什麼名字？」

「夏蔚沄。」我咬著唇，「我之後還能再來這邊找你嗎？」

「我想妳之後就看不到我了吧，可是我一直都在這裡。」葉晨微笑，「謝謝妳今天過來，讓我確定了一件事。」

「什麼事？」

「眞的可以向月亮許願，然後回到過去。」他正色。

「什麼意思，難道你叫了很多人向月亮許願？」

「我也不知道呢。」他聳肩，「但我想，我會開始這麼做的。」

「那我是你遇到的第一個來自未來的人嗎？」

「不是。」他說，「快回去上課吧，希望妳能改變妳想改變的一切。」

雖然沒有多問，我對葉晨的存在仍有了自己的一番理解。或許他是學校裡的守護神，所以過去未來都有他的存在，所以他才能帶給我這個奇蹟。

我一邊往前走，一邊不斷回頭看他，他的身影似乎逐漸模糊，直到我離開前再次回頭，空中花園裡已經沒有任何人影了。

一踏進教室，我就感受到歐立穎的視線，本來以為他又要追問衛士然的事，但他只是將第一節課的小考考卷放在我桌上。

「怎麼了？」我皺眉問。

「什麼怎麼了，妳看這個。」歐立穎一副不高興的樣子，我哪裡得罪他了嗎？低頭瞧見考卷上的紅字，我這才明白了他想表達什麼。

「三十分，三十分！」他高喊，周遭的同學都看過來，「夏蔚沄！三十分耶，妳從來沒考過這種分數！」

「我知道啦，你那麼大聲幹麼？我早自習的小考還只考了二十五分而已呢。」我有些窘迫，沒想到都這把歲數了，還會因為成績不好而覺得丟臉。

「夏蔚沄，妳從不曾考過七十分以下，這三十分是怎麼回事？」歐立穎的眼中除了責難，更多的是擔憂，「妳是不是有什麼煩惱？」

「我沒有，我好得很，歐立穎，你能不能小聲一點？」我示意他降低音量，並注意到衛士然也投來目光。

「夏蔚沄，妳爲什麼不老實跟我說？」歐立穎壓低嗓音，語氣帶著明顯的埋怨。

「說什麼？」我也學著他放低了聲音。

「妳的煩惱。」

我再次震驚了，他竟如此細心地察覺到我的變化。是呀，除了要穩固我和衛士然的關係，我也想把握我和歐立穎的友誼。這樣一個好朋友，我不能失去他。

「歐立穎，我老實跟你說。」

「嗯。」

我深吸一口氣，「其實，我來自二〇二〇年。」

歐立穎緩緩皺起了眉，「嗄？」

「因爲我知道我的未來會有多慘，所以才回來了二〇〇三年，想改變一切。」

我認眞地說，還打算提起葉晨的事，但此時鄧淮之老師急急忙忙跑進教室。

「抱歉抱歉，老師遲到了。」鄧淮之老師是我們的國文老師，戴著眼鏡的他書卷氣息十分濃厚。

在我畢業了好幾年以後，有天在新聞看見了鄧老師的消息，他居然當起了YouTuber，影片內容是正經八百地講述中文字之美，以及教導大家在使用社群時，如何注意文字上的禮貌，還會舉例說明若文字運用不當，將如何造成他人誤會。主題看似枯燥，不過鄧老師儒雅的外表吸引了眾人目光，搭配充滿深度的影片內容，竟意外地廣受歡迎。

「老師，今天是不是要考試？」黃韶瑾直直地舉起手。

「對對，要考試。來，大家把課本收起來。」鄧老師轉身拿起粉筆，寫下了題目。

「又要考試？」我驚呼。我怎麼沒印象以前有這麼多的考試？

一轉頭，歐立穎正盯著我瞧，「來自未來的妳難道不知道題目？」

「白痴，我連樂透號碼都不記得好嗎！」我翻了個白眼，這傢伙擺明不相信我，會選擇告訴他的我也是傻了。

不出所料，這次國文小考我也考了個爛成績，爛到被鄧老師叫去了辦公室。

「怎麼會這樣呀。」鄧淮之老師看著我的考卷，十分擔心，「就要考大學了，這樣很危險喔，尤其夏蔚沄妳一直以來都考得很好，怎麼會失常呢？」

「呃……」面對男老師就不適合用月經那招了，「我昨天看連續劇看太晚了，然後就……」

「原來。」鄧老師鬆了一口氣，「適當地放鬆是好的，不過要是成績退步就本末倒置了。」

「是的，老師對不起，我下次會更加努力的。」我懷念學生時代的一切，唯一不懷念的就是考試，但這個煩惱也遠比起我的未來容易面對多了。

「妳這個樣子讓我想起了妳爸爸。」忽然，鄧老師笑了起來，我不禁一愣。在我的記憶裡，並沒有和鄧老師聊過關於家人的事。

「我爸爸……老師認識我爸爸？」當年舉行爸爸的葬禮時，鄧老師並沒有來。

「我不認識妳爸爸啦。」鄧淮之老師急忙否認，「我只是和他同一所高中畢業，夏學長很有名的，所以我才會知道。」

我又呆了呆，他們的這層關聯是原先時間線的我所不知情的。過去我和鄧老師並沒有私下聊過，就單純是老師和學生的關係，畢竟以前的我成績優異，不會特別被找到辦公室關切學習狀況。然而這次回到高中時期，我卻因爲考試沒考好而有了和鄧老師短暫對話的機會，才得知了這令人驚訝的消息。

人生還眞是不可思議，只要有一個環節不同，就可能會出現完全不一樣的發展。

「夏學長……」我笑了起來，眼角微微泛淚，「聽到爸爸被這樣稱呼還眞是新鮮。」

「夏學長以前可是小混混喔。」結果鄧老師說出了讓我傻眼的祕辛。

「混混？我、我爸爸？」印象中，爸爸是個溫柔和藹又努力的好男人，這是怎麼回事？

「只是年輕時的小小叛逆啦，後來他高三時就發憤圖強成爲黑馬，一直到他畢業後，學校的老師都還是會拿他當例子，希望能鼓勵學弟妹們，所以夏學長才會很有名呀。」鄧老師笑咪咪地說，「當蔡老師告訴我妳是夏學長的女兒時，我原本還覺得不太像呢，因爲妳向來表現得相當優秀，但現在發現妳也有失常的時候，就讓我想起妳爸爸了。不過別擔心，妳會跟妳爸爸一樣，在大考時發揮應有的水準的！」

我點點頭，有點在意鄧老師提到的一個人，「蔡老師？哪個蔡老師？」

「你們的班導，蔡菁諭老師呀。」

我一怔，「蔡老師也認識我爸爸？」

「他們是同班同學呀。」鄧老師答得理所當然，我大吃一驚。

爲什麼我不曉得這件事？

「蔡學姊以前也很有名，幾乎是女神般的存在，成績又優異，剛來這間學校時遇到她我也很訝異，不過蔡學姊以前當然同樣不認識我。」鄧老師自顧自地說著，而我卻感受到些微的怪異。

如果蔡菁諭老師都可以告訴以前不認識的學弟——鄧淮之老師——關於我爸爸的事，那爲什麼沒有告訴我她認識爸爸？爸爸也從沒提過他認識我的班導。

但爸爸知道我的班導是誰嗎？

我仔細回憶，一直以來都是媽媽負責參與我和妹妹的學校活動，總是忙於工作的爸爸連運動會都沒來過，唯一一次來我們學校的時候……啊，是高一，媽媽有事回娘家了，那天正巧是我升上高中後的第一次家長會，原本爸爸沒打算參加，還是我拜託他來的。

所以那時候爸爸就見過蔡菁諭老師了，那爲什麼不告訴我他們高中是同班同學？

強烈的不安在內心升起，對於爸媽後來幾年相處上的不愉快，我始終認爲是由於夏靜羽的死。可是仔細想想，似乎在夏靜羽自殺前，他們的互動就十分冷淡，難道……

「那個，鄧老師。」我努力揚起微笑，佯裝不經意地詢問：「我爸爸和蔡老師，以前該不會交往過吧？」

鄧老師抬起一邊眉毛，「這我就不清楚了，畢竟我和他們不同屆。」

我明白的，他語帶保留。

然而這樣的回答是欲蓋彌彰，我幾乎無法控制住顫抖。

不，我別先自己嚇自己，只要找時間確認這是場誤會就好，別擔心，一定不會有事的。我穩住呼吸，不斷對自己這麼說。

哪有不吵架的夫妻，哪有什麼都對彼此坦誠的夫妻，所以……沒事的。

離開了辦公室，我踩著沉重的步伐若有所思地走在路上。不久，一雙球鞋驀地映入眼簾，我趕緊煞住才沒撞上，可是卻踩到了對方的腳。

「好痛。」他輕聲說，語氣卻不像是真的很痛。

「抱歉。」我不需要抬頭都能認出這個聲音，是衛士然，我如此深愛的那個男人。

「沒關係。」他繞過了我，繼續往前走，我望向他的背影。

挺直的背脊、修長的雙腿，有點凌亂卻充滿魅力的黑髮，這樣一個男孩，爲何我高中時不曾和他有所接觸？

「衛士然！」我想也沒想地喊住了他，他狐疑地停下來回頭。

怎麼辦，一時衝動喊了他，我該跟他說些什麼？

我趕緊回想衛士然對什麼有興趣。

「那個、我、我這邊有電影票！」我結結巴巴地說，腦中飛快思考著該說哪部電影。

和衛士然交往時，他曾經和我說過，他高中時代非常喜歡某部電影，進電影院看了七次，我當時還笑他太誇張，高三不好好念書居然去看電影……啊！

「《二十八天毀滅倒數》，你看過了嗎？」

衛士然睜圓眼睛，稍微打量了我一下，「二十八天？」

可惡，失策！難道還沒上映？我不記得上映時間啊！

「這部片星期五才會上耶。」

賓果！好險！

「我有電影票，你要跟我去看嗎？」我立刻說，畢竟對高中生而言，電影票並不便宜。

衛士然似乎在猶豫，也是，對他來說我就是一個不熟的同班同學，即使是邀他去看一部他期待許久的電影，會想考慮依然很正常。

不過我了解衛士然的個性，他行事衝動又禁不起話術引誘，就是會相信「這是最後一件商品了」這類宣傳詞的那種消費者。

「如果你沒興趣的話沒關係，我再找別人去看。」所以我轉過身，作勢要走。

「等一下！」他叫住我，我揚起微笑，但隨即斂起笑意，控制好表情後才轉頭。

「妳怎麼會想約我？」他問，還眞是謹愼。

「因爲我看到你的桌墊下面有海報。」我亂講的，我根本沒看到，只是想起了衛士然說過，他喜歡這部電影喜歡到高中時桌墊下壓著海報。

衛士然相信了這句話，「妳和我去，歐立穎不會生氣？」

「不會，他幹麼要生氣？」我反問，接著才明白了他的意思。在原本的時間線，衛士然不只一次跟我說過，他從高中時就以爲我和歐立穎在一起，且交往初期他也始終認爲我和歐立穎的關係不尋常，直到歐立穎徹底消失後，他才沒再提起。

「他不是我的男朋友。」因此，這個誤會我必須現在就解開。

「是嗎？」他一臉懷疑。

「當然，我和他只是好朋友。」我斬釘截鐵表示，「那我們禮拜六中午在捷運站見，可以嗎？」

「嗯。」他點點頭，露出有些尷尬的微笑，然後轉身離開。

我滿意地一笑，往教室的方向走去，跟正好從福利社回來的歐立穎和施宇衡打了照面。

見到施宇衡，我不免感傷，畢竟他在三十歲那年就會死於火災意外，於是我也提醒了他同樣的話。

「施宇銜，以後如果你要買房子，別買在你家附近，咬牙多背貸款都要買遠一點的，知道嗎？」我告訴他那棟建案的名稱。

施宇銜顯然覺得我吃錯藥了，他張大嘴，一邊摸了他自己的平頭，「妳在講什麼啦，有病喔。」

「總之，記得這件事就好。」我拍拍他的肩膀，走回教室，而歐立穎跟了上來。坐到座位上後，他把吸管戳進鋁箔包，雙眼直盯著我看。

「幹麼？」

「那個忠告是來自未來的訊息嗎？」他的語氣充滿調侃。

「當我沒說吧。」我嘆氣。

「欸，妳剛才的國文成績是怎麼回事？」

「歐立穎，你好煩，你是成績稽查員嗎。」我趴到桌上閉眼耍賴，「我就不能偶爾考差嗎？」

「學年排名總是前十的妳從來沒考差過，我覺得……」忽然，歐立穎停住了話，我睜開眼睛想稱讚他終於學會閉嘴，卻驚見衛士然就站在旁邊。

我嚇了一跳，立刻坐直身子。衛士然怎麼這麼快就回教室了？又怎麼會走來我這裡？

「手機號碼給我。」衛士然面無表情將他的手機交給我，而我一愣，「不然沒辦法聯絡。」

眼前是復古的按鍵型手機，據說就算摔到地上解體再組裝回去都還能用，十分堅固，記得有一陣子還被戲稱是最強兵器。

「我手機放在家裡，又不能帶手機來學校。」我回答，其實是根本忘記手機放在哪了。

「對啊，違禁品。」歐立穎在一旁說，不過在二〇二〇年，高中生帶手機到校已經不算違規了。

「我是要妳輸入妳自己的手機號碼。」衛士然瞥了一眼歐立穎，視線又落回我身上。

問題是，換過三次手機號碼的我，只記得三十四歲時的號碼，早就不記得高中時用的號碼了。

「你給我你的號碼好了，我回去再傳訊息給你。」我堆起笑容。

「傳簡訊要三塊錢欸，每次我傳訊息妳都愛回不回的，不是很計較那三塊嗎？」歐立穎忍不住抱怨，我都不知道他還會抱怨這種事。

我再次懷念起傳簡訊要付費這一點，不過嘴上仍不忘反駁：「你意見好多，重要的我會回啊。」

「是啊，重要的。」歐立穎刻意複述，言下之意是抱怨我對他的訊息不上心？

「你幹麼啦！很煩。」

我們的對話引起了其他同學的注意，大家紛紛看過來。我覺得有點尷尬，可是他們兩個卻不太在意的樣子。

歐立穎還想說些什麼，但我瞪了他一眼，他只好閉上嘴，然後賭氣似的低頭翻開擺在課桌上的自修，飛快地開始解題。

衛士然聳聳肩，拿起我桌上的筆，在我的課本上寫下他的手機號碼，接著再瞧了一眼歐立穎後，才離開我的座位邊。

由於高中時我和衛士然並沒有太多交集，所以我們此次的互動不只看在歐立穎眼中古怪，就連班上其他同學都感到新奇。

即便上課了，大家依舊竊竊私語著，而我偷偷注意了一下黃韶瑾，她似乎沒太大的反應，依舊專心地上課。

她和衛士然之間的感情，是在什麼時候埋下了種子？大學？同學會？還是高中時呢？

我搖搖頭，這些不是我該在乎的，我確實想盡早和衛士然發展出感情，不過目前還有其他更重要的任務，今天放學後，我要去翻夏靜羽的東西。

餘光瞥見歐立穎冷著一張臉上課，我不禁疑惑。

這小子爲什麼這麼不爽？

我丟了張紙條過去，問他是怎樣了，他卻裝作沒看見，眼睛死死盯著黑板。我又丟了好幾張過去，歐立穎居然輕輕一揮手，把那些紙條都掃到了地上，我趕緊彎腰撿起，順便惡狠狠地瞪他一眼，他嚇了一跳，然而下一秒又板起臉孔，視線投向前方的黑板。

手裡握著所有紙條，我再度朝他桌上丟去，動作大得讓臺上的老師想當沒看到也沒辦法。老師嘆了一口氣，「夏蔚沄，把紙條拿上來。」

明明都出了社會這麼久，可是當老師這麼一說，我依然反射性地害怕，潛意識的影響還眞恐怖。

我在眾目睽睽之下把丟到歐立穎桌上的紙條全抓在手裡，他終於流露出歉疚的表情，看著我拿著紙條走到講臺前。

「我說過，在我的課堂上，如果傳紙條被我發現要做什麼？」這位老師我連名字都忘了，更不可能記得她所訂下的規矩，所以我求救地轉頭望了一下同學們。

「要唸出來。」施宇銜舉手幫忙回答，從他眼睛發亮的樣子來看，他根本只是為了看好戲。

老師打開了紙條，對此我倒是無所謂。什麼害羞啦、不好意思，或是沒意義的小隱私之類的，三十四歲的我不太在意，況且紙條真的沒什麼內容。

「怎麼了？」

「生什麼氣？」

「為什麼不理我？」

「擺臭臉很醜。」

「你這樣我也不理你。」

「確定喔？那就不理你嘍？」

「那我要認真上課了。」

然而我認為沒什麼的內容，聽在愛起鬨的幼稚高中生耳中，卻是滿滿的曖昧。我差點忘了，學生時代最喜歡旁觀別人的戀情發展了。

「唉唷，你們果然有一腿！」施宇衡用力地彈指，滿臉興奮，而我望向衛士然想確認他是否也誤會了，但他的表情沒有太大變化，倒是歐立穎紅起了臉，喊著要大家別鬧。

「你安靜點，施宇衡。」只有王伊真可以制止她的無聊男友。

總之，這節課就在這場鬧劇中結束了，我一邊感嘆著高中生的幼稚，一邊又相當懷念這樣的場景，彷彿我也變回了那個青澀的自己。

「所以說，妳展開行動了？」放學後，我和歐立穎一起等公車，他皺眉看著我，「我還是搞不懂妳爲什麼會對衛士然有興趣。」

「反正我說了你也不信。」我沒好氣地說。

「什麼？」他一臉困惑。

「我說，我來自未來，未來的我會和衛士然相愛，可是後來卻分手了，而你也離開了！在我人生最低潮痛苦的時候，不只最愛的男人走了，最好的朋友也不在！」我瞪他，「所以我回來這一年，是爲了改變這一切，如果讓衛士然提早跟我在一起，我們或許就不會分手了！」

我一口氣說完這番看似荒唐的話，引來周遭同學們的側目，歐立穎雖然依舊不怎麼相信的樣子，卻顯得若有所思。

反正我已經說了實話，不管現在我和歐立穎是多好的朋友，最後他都會莫名其妙疏遠我，所以我何必這麼在意他？哼。

「這很奇怪啊。」他開口，好像百思不得其解。

「對啦對啦，不可能有辦法回到過去啦，我知道啦，不信就……」我不耐煩地想打斷他的話。

「不是，我是要說，我怎麼可能會離開妳？」歐立穎神情嚴肅，下一秒馬上掩飾似的咳了聲，「不管怎樣，我都不會在妳痛苦的時候不陪伴在妳身邊，這樣我算什麼朋友？」

我微微一愣，有些驚訝。他分明不相信我的話，卻認眞思考著未來會離開我這件事。

「但你就是離開了。」我有點想哭。人都是會變的，此刻如此誠摯的歐立穎，在未來卻消失在了我的生命中，沒有留下任何一句話。

「我不會離開妳，無論怎麼樣都不會，除非妳要我走。」他堅定地說。

爲什麼他能這麼肯定地說出這種話？

「很肉麻。」我壓抑住想哭的衝動，「可是那是眞的，你能想想爲什麼大學時你會疏遠我，之後甚至離開了我嗎？」

他抓了抓頭，「沒有詳細的前因後果我哪知道？況且我並不眞的相信妳來自未來。」

「你可以接受科幻電影，卻不相信這樣的事，矛盾。」我哼了聲，看向駛近的公車並抬手招了招。

「話不是這麼說。」歐立穎又抓抓鼻子，「好啦，那我姑且相信好不好。」

「哼。」雖然他說得勉強，不過起碼是好的開始。

「所以，妳要不要好好地跟我講一下『未來』的妳遇到了什麼狀況？」這傢伙現在一副通情達理的模樣，明明和我賭氣了一整天。

「這是一個很長的故事。」我頓了頓，此時公車已經停在我面前，「改天再好好跟你說吧。」說完，我上了公車，然後轉身要向歐立穎道別，卻發現他跟著我上了車。

「你幹麼？」這臺公車並沒有經過他家。

「陪妳回家的這二十分鐘，我應該可以聽完妳的故事吧？」他將悠遊卡靠近感應處，「快往前啊。」

……這傢伙總是上一秒惹我生氣，下一秒又令我感動。

在二十分鐘的車程裡，我把一切的事情大致告訴了他，包含媽媽的失智、爸爸的意外、妹妹的自殺，以及他的離開。

他沉思了一會，最後還跟著我下公車，陪我走回家。我以爲他又會說不相信、不合理之類的，沒想到他開口的第一句話是：「辛苦妳了。」

我的心中再度湧起了想哭的衝動，但很快便忍住淚水。為了掩飾自己的哽咽，我趕緊側過臉看著別處，「怎樣，你、你相信我了喔？」

「雖然真的很讓人難以置信，不過我想妳再怎樣也不會拿自己家人的遭遇來開玩笑吧。」歐立穎的眼神流露出擔憂，「而我卻在妳最需要支持的時候離開妳？這太不合理了。」

我吸吸鼻子，「回到這一年後，我想過，或許是你當時也發生了什麼事，只是我太沉浸在自己的悲傷中，沒注意到你的難處。」我想用這個理由安慰他，也安慰自己。

「不，無論遇到什麼狀況，我都能保證自己不會在妳最艱難的時候消失。」此刻的歐立穎明明不曉得自己未來的狀況，卻能斬釘截鐵地這麼說，再次令我感動不已。

「那所以，你有想到可能是什麼原因嗎？」我問。明知高中時的歐立穎和成年後的他對事情的想法肯定有所差異，我仍是對於他的答案感到緊張。

「如果我真的離開妳，那一定是我做了什麼對不起妳的事，沒臉面對妳。」他的神情認真，明明我的實際年齡比他還要大，卻被他這個高中生堵得啞口無言。

很快，我咳了一聲，「什麼對不起我，我們又沒有交往，你怎麼對不起我？」

他沒吭聲，我們安靜地走了幾步，他才緩緩開口：「不一定要是情人才有辦法對不起對方，有時候朋友之間也會啊。」

「那你對不起我什麼？」

「我哪知道，這要問未來的我。」他聳肩，「所以，妳在二〇二〇年回高中參加園遊會時，遇到了一個學弟，然後回到二〇〇三年也遇見他？眞是詭異，他是什麼東西呀？」

「我猜是守護神吧。」對於葉晨的事我不想多談，雖然其實我了解的也不多，只是我想把他的名字當作是自己的祕密。

「那妳想好要怎麼改變未來了嗎？」

「我媽媽的部分比較沒辦法，只能盡量讓她保持心情愉快，並且從調整飲食來著手預防。」我無力地說。我打算給媽媽一份菜色清單，美其名是我最近想吃的東西，實際上是爲了透過飲食讓媽媽延後症狀發作的時間，雖然也得要媽媽願意照做就是了。

「而爸爸的話，或許得阻止他那天留下來加班，我現在能做的，大概只有勸他換個不需要加班的工作。」

「妳爸很常加班？他是做什麼的？」

「他的公司主要是出售儀器給醫院或研究所，印象中早期還好，可是後來他就開始常常加班和出差。」

「那可能眞的需要從現在開始洗腦他換工作。」歐立穎點點頭，我們拐了個彎，走進我家所在的巷子，「那妳妹妹呢？」

「這就是我首先要調查的部分，我必須確認她是不是有什麼我們都沒發現的狀況，例如被人欺負或談戀愛了，或是課業壓力什麼的。」我握緊拳頭。

「衛士然呢？」歐立穎忽然問，我頓時一愣，「妳不是因爲現在喜歡他，而是因爲未來會喜歡他，所以才要追求他對吧？」

「嗯……雖然是這樣，但也不全然是這樣。」我靜靜地走著，我家就快到了，「我只是認爲，或許是當時的我們感情基礎不夠深厚，於是他才會……」

「妳認爲你們現在就交往，未來遇到不好的事情就能夠克服了？」歐立穎一語中的，「可是妳不是打算改變未來？這樣一來，那些悲劇都不會發生，你們也就不會分手了。」

「這麼說是沒錯。」

「那就不用急於現在就在一起，隨著時間自然搭上線不是更好？」

「反正早晚都要在一起，那爲什麼不現在就在一起？」我反駁。

「提早在一起的話，就有可能提早分手啊。」歐立穎冷靜地分析，「況且要是對方會因爲妳現實陷入困難就離開，那就表示你們不適合……」

「夠了，你沒經歷過我所經歷過的，別講得那麼清高，你壓根不曉得那壓力有多沉重！」

一直以來，我都認爲是自己對不起衛士然，離開不是他的錯，是我的錯，是我讓他承受他不該承受的事。

我瞪著歐立穎，「況且眞正離開的人是你，衛士然至少還陪我走過一段時間，但你卻消失得無影無蹤。」

當我得知媽媽的病情後，曾在某個深夜崩潰地打了電話給歐立穎，可是他竟然換了手機號碼，我撥的號碼變成了空號。我找不到他，在資訊那樣發達的時代，除非有心躲避，否則我不可能找不到他。

然而他眞的消失了，當時我在房內哭泣，我以爲歐立穎會是我永遠的朋友，有天我們各自成家立業後，還能帶著孩子一同出遊，卻在那時候清楚地體認到，我被他拋棄了。我不知道我做了什麼惹他生氣，氣到單方面與我斷絕聯繫。

「我說我不會無緣無故離開，一定是做了什麼對不起妳的……」

「你做過最對不起我的事，就是把我丟下！」我停下腳步，正好抵達了家門口，「我到家了。」

「妳在生氣嗎？爲了現在的我還沒做的事情生氣？」歐立穎也不高興了。

「反正你早晚都會做，我爲什麼不能生氣？」

「那妳怎麼不去氣衛士然跟妳分手，甚至還要跟他約去看電影？」

「這完全是不一樣的兩回事！」我用力推了他一下，「我和你沒什麼好說的了，再見。」

「妳自己反省一下！」歐立穎居然還好意思訓我，比我還要更生氣似的轉身離開。

我回來二〇〇三年，可沒打算在第一天就告訴歐立穎我來自未來，也沒想到會和他吵架。

「你這個混蛋！」我衝著他的背影喊，然後甩上鐵門。

雖然很氣，不過我現在沒時間生氣，我必須在夏靜羽回到家以前，快點去她房間看看有沒有什麼可能導致她自殺的蛛絲馬跡。

「如果我眞的離開妳，那一定是我做了什麼對不起妳的事，沒臉面對妳。」

可是，這句話在我的腦中揮之不去。

大學的時候，歐立穎面對我時，確實總是顯得欲言又止，但他又能做什麼對不起我的事呢？

第三章

我是第一個回家的人，所以我趕緊把握這段時間，連書包都沒放下就直奔夏靜羽的房間。她的房間以粉色系爲主，五斗櫃上擺了許多粉紅色玩偶，桌上放著與同學們的合照。

無論是她的國中朋友還是高中同學，我幾乎都知道有哪些人，而夏靜羽自殺後，我們問過她的朋友們有沒有發現夏靜羽有什麼異常，無奈他們都說夏靜羽就跟平常一樣。

以前看新聞或是小說時，總會認爲有自殺傾向的人肯定會有徵兆，身邊的人若是沒有發現，想必是不夠關心對方。然而當自己經歷過之後，才會明白其實眞的很難察覺。

那天，夏靜羽一如往常，和我們道早後一起吃早餐，接著去學校上課。之後，她的班導來電告知她並未到校，於是我們四處找她，急得像熱鍋上的螞蟻，再後來，便接到了警察的通知。

夏靜羽穿著制服出門，卻另外帶了便服。她在廢棄大樓的頂樓脫下制服，穿著便服跳樓了。

連一封遺書都沒留，而她的房間乾淨得絕不可能是當天早上才收拾的，也就是說，她的自殺是預謀。可身爲家人，我們卻都沒能提前發覺不對勁。

我壓抑著內心的自責，這一次，我不會再讓這件慘劇發生。我打開夏靜羽書桌中間的那格抽屜，想找找看有什麼線索。

抽屜裡只有幾本筆記本和文具，我大略翻閱，沒有什麼特別之處。我再打開側邊的抽屜，裡頭是一些可愛的貼紙、便條紙、小公仔等雜物。

「怎麼都沒有？」我嘖了聲。難道夏靜羽沒寫日記的習慣？

就算沒有，照理說也有用來記錄心情的小本子吧？

好在這個年代還沒人手一機，無名小站也尚未盛行，我不用擔心夏靜羽會把心情日記寫在手機裡或網路上。

仔細想想，夏靜羽本來就比較謹愼，如果眞的有類似日記的東西，應該不會大剌剌地放在抽屜，不過她也不至於小心到刻意藏得很隱密，所以大概會在——我轉過頭，看著後方的書櫃。

想藏一棵樹，就必須藏在森林之中。

視線掃過書櫃上的書籍，我注意到其中一本較厚的書的書脊有些異樣，於是抽了出來，裡面果然夾著一本小本子。

賓果！我心跳飛快，連忙打開本子，夏靜羽娟秀的字跡散布在紙頁上的各個角落，稱不上是日記，比較像心情隨筆，有時一面就包含了三天的紀錄，有時一天卻寫了兩面。

快速閱讀下來，不外乎都是寫班上發生的事，以及考試結果不理想，或是學校老師很討厭，和一些對未來的幻想之類的，還有短篇散文隨筆。

她的確有煩惱，但顯然沒嚴重到會自殺的地步。

怎麼會這樣？那她又爲什麼……等等，夏靜羽是高三時自殺的，所以她有可能是升上高中以後，才遇到了令她想自殺的困境。

如果這個推測沒錯，我現在根本不可能找得到線索。

她高中和我念同一所，而她的高中同學也都說她沒有自殺的理由，可是當時……好像有一個女生，那是誰？

我記得有個和夏靜羽同校的短髮女孩來到葬禮上，我從來沒見過她，也不曉得夏靜羽有這位朋友，當時她在我面前哭得很慘。

「我們兩個同病相憐，但她卻選擇了這條路，眞是太傻了。」

爲什麼這麼重要的事我現在才想起來？那時因爲太過悲痛，所以我沒注意到這番話的怪異之處。同病相憐？爲什麼這樣說？

我用力敲了自己的腦袋。我這個白痴，現在才想起來也沒辦法求證了！畢竟我根本不知道那個女生是誰，想找也找不到她，就算找到了，也無從得知夏靜羽做了什麼才與她同病相憐，那可是未來才會發生的事……

不，我不需要如此悲觀，不管是什麼事情，只要別讓它發生不就好了？

「姊、姊。」夏靜羽的聲音忽然從身後傳來，我嚇了一跳回過頭。只見她雙手叉腰，面帶恐怖的微笑，眼睛直盯著我手裡的紅皮小本子，「妳在做什麼？」

「啊……我想跟妳借一下書，結果裡面居然夾了這個。」我睜眼說瞎話。

「那妳也不能偷看啊！」夏靜羽搶過她的本子。

「我才沒看呢，一打開看到妳的醜字就不想看了。」我故意露出嫌惡的表情，拿著那本充當煙幕彈的書，「這本就借我啦。」

「臭姊姊。」夏靜羽對我吐了吐舌頭，等我走出房間後就迅速把門關起，而我鬆了口氣，這時候才有時間注意手上的書是什麼——居然是建築美學。難道她對這方面有興趣？

我又打開她的房門，指著手上的書問：「妳對這個有興趣？」

「姊姊才是咧，妳不就是要借那本？」夏靜羽脫下制服上衣，「我只是覺得建築物看起來很漂亮才買的。」

原來夏靜羽對建築有興趣，在原本的時間線，她沒能從高中畢業，因此我也不知道如果她上了大學會選擇什麼科系。

「建築系嗎……」我稍微想像了一下成爲大學生的夏靜羽。

「只是在想而已啦。」她搶回我手裡的書，「我不要借妳了。」

沒差，我的目的本來就不是那本書。

「夏靜羽，妳這時間不是應該在學校嗎？怎麼回來了？」

「學校附近有一條街在舉行法會，所以老師決定這禮拜先不用晚自習。」夏靜羽沒好氣地看著我，「準時下課才可以發現姊姊在偷看我的東西。」

「誰要偷看。」我學她吐了吐舌頭，「對了，如果妳大學想讀建築系，那高中呢？」

我會這麼問是因爲，夏靜羽和我說過她想跟我念同一所高中，而在我的記憶中，我從沒問過她原因。

「我沒有想讀建築系，我只是有點興趣，離考大學還很久呢。」夏靜羽再次澄清，「姊姊好怪喔，居然會關心這種爸媽才會管的事。」

「畢竟我是姊姊呀，過來人耶，妳不把握機會問我？」我捏了她的臉頰。

夏靜羽格格笑著，「我朋友都說想考女中，尤其是旻秀很堅持，所以我們應該會一起吧。」

女中？

我睜圓眼睛。她不是想和我念同一所嗎？

「怎麼了？表情這麼奇怪？」

「妳不是想和我念一樣的高中？」

「誰說的，姊妳這麼自戀喔。」她扮了個鬼臉，「你們高中的程度很好耶，我才不想拚個半死，女中的程度比較適合我，而且還可以跟朋友一起。」

爲什麼？

爲什麼會不一樣？

夏靜羽現在是國三，而原本她告訴我想讀我的高中時，也是國三啊！

不過，我不確定她說要和我念同所高中時的確切時間，好像是……是在我大考之前，還是之後？

結果，我依然是個不稱職的姊姊，沒一件事情記得清楚。

「妳在發什麼呆，沒聽到我的問題嗎？」她抬手在我面前晃了晃。

「什麼？」我一愣。

「姊，妳之前不是說妳生日那天要請朋友來家裡？說要去頂樓烤肉。」

「咦？我有嗎？」

夏靜羽翻了白眼，「有啊！我本來不是告訴妳，因爲我要補習所以不能參加，但是現在我可以參加了，和妳說一聲。」

啊，我想起來了，高三的最後一次生日，我邀請了朋友們來我家頂樓烤肉，那天原先說無法出席的夏靜羽來了，原來是因爲碰到法會，不只晚自習，連學校對面的補習班也先暫停了晚上的課程。

對了，這樣的話，我也可以邀請衛士然來不是嗎？

由於震驚著回到過去，我完全沒注意到自己的生日就快到了。

「好，我知道了，然後我想跟妳說，我朋友……」

「我吃完就會回房間，不打擾你們聊天，而且我也不想跟姊的朋友有太多交集。」夏靜羽再次吐舌，眞是搶話達人。

只是在我的印象中，她當時吃完烤肉並未馬上回房，而是和我的朋友們聊得很愉快。

「我只是要說，我朋友都是好人，有任何課業上的問題也可以請教他們，才不是嫌妳打擾。」我仍是把沒說完的話講完。

「才不要，跟資優生聊天會更顯得自己笨，吃完我要先回房間念書，和一堆跟妳同樣年紀的人在一起有什麼好聊的。」她的言下之意就是嫌我們老。

不過，如今無論夏靜羽怎樣頂撞我都覺得可愛，只要她還活著，怎麼樣都好。

我返回房間，今早匆忙出門，我還沒時間仔細打量自己十七歲時的房間。只見牆上貼著某個男團的海報，桌上的桌曆樣式也少女心得過分，最恐怖的是書櫃裡滿滿全是參考書，我隨意抽出一本打開，密密麻麻的字跡映入眼簾，題目都寫完了。

高三時的我很認眞，而歐立穎也成績優異，所以我們時常一起念書。但如今的我是個笨蛋，要是再考一次大學，我肯定會完蛋的，怎麼辦！

現在是九月，大考是明年一月，時間所剩不多，萬一我考不上原本的大學……想到這邊，我搖了搖頭。考上好的大學又如何？

如果我沒辦法改變悲慘的未來，擁有良好的學歷又能如何？

而若是我成功改變了一切，只考上普通的大學又會如何呢？

另外，我能在這裡待到一月嗎？

天曉得我能待在過去多久，會不會哪一天又忽然回去了二〇二〇年？

或者，眼前的一切都只是夢，打從那天在空中花園遇到葉晨後，我其實就已經在另一個世界了？

現在的我是眞實的嗎？

現在的世界是眞的嗎？

不！

我用力打了自己一巴掌。別這麼消極，要相信一切都會變好。

我要相信這場月亮帶來的奇蹟，我一定可以的。

於是，我趕緊從書包裡找出課本，翻到衛士然寫下手機號碼的那一頁，將號碼輸入自己的手機。由於習慣以螢幕觸控了，一時要用按鍵打字實在有點障礙，不過我很快便找回手感，又懷念起當年手機鈴聲還能夠自行編曲。

「衛士然，我是夏蔚沄，這是我的手機號碼。」

傳送訊息過去後，我緊盯著螢幕一陣子，才意識到畫面是黑白的，也沒有已讀的標示。

接著，我瀏覽起以往和其他人互傳的訊息。

其中果然有王伊眞的簡訊，她問：「妳和歐立穎眞的沒偷交往？還是你們誰暗戀誰啊？」

真是神奇，明明都是十幾年前的事了，對現在的我而言卻發生在昨天。

而昨天在這個時空，我還是十七歲的我，今天卻已經被三十四歲的我取代。

我繼續往下看，發現了幾個早已遺忘的朋友，可在訊息內容中，我們竟像是莫逆之交，學生時期的友情在成年後看來既純粹又有點可笑。

我最後才點開歐立穎的訊息，畢竟剛跟他吵過架，結果卻發現是他傳得多，我回得少。

「妳快看24台，這部卡通好懷念。」

「我的肚子好痛，一定是妳今天硬塞給我過期麵包的關係。」

「老師說第五十三頁一定會考，所以還是要看。」

內容大概都是些生活瑣事，接著我開啟通話紀錄，不意外的也有與歐立穎通話過。

是呀，我們以前這麼要好過。

手機傳來震動，一則訊息跳出，衛士然只回覆了一個「嗯」字。

一個字三塊錢，他可真大方。

我把手機放到床頭櫃上，看見自己的桌曆上寫著「星期日，生日烤肉會」。

要是明天沒辦法和歐立穎和好的話，那生日會不是會很尷尬嗎？

算了，歐立穎總是會主動跟我說話，我不需要擔心。

至少在高中的時候，他是這樣的。

✦

陽光普照，我一走出家門就開始流汗。我不記得以前有這麼熱，公車上的氣味更是難聞。

但我很享受這樣的時光，昨晚睡前還擔心著會不會一覺醒來又回到那間頂樓加蓋的屋子，甚至爲此緊張得有些胃痛。

幸好，我還是十七歲的自己。

「早安，我們怎麼每天都遇到啊。」王伊眞今天把頭髮綁了起來，「對了，禮拜天我要不要提早到？看看妳有沒有需要幫忙的地方？」

「不用啦，我們都準備好了。」我停頓了下。印象中，烤肉會上發生了一件當下很尷尬，後來想想倒挺有趣的事。

施宇銜被爸爸誤認爲喜歡我，只因爲他在我耳邊詢問一些無聊的小事。那時我們極力否認，爸爸卻以爲我們是害羞，結果讓王伊眞不太高興，歐立穎則是憋笑憋得頗開心。

王伊眞是很愛吃醋，只是沒想到她連我的醋都吃，害我有點尷尬。上了大學後，我們聊過這件往事，王伊眞只說年輕時難免會像個神經病一樣。

「需要幫忙的話別客氣喔，這可是妳的十八歲生日。」王伊眞捏了我的臉，讓我回過神來。

沒想到這輩子可以過兩次十八歲生日，我不禁笑了下。回到過去不過兩天時間，我露出笑容的次數遠比三十幾歲時還多。

「對了，妳眞的要和衛士然去看電影？」王伊眞小心翼翼地問，而我點頭，她頓時瞪大眼睛，「爲什麼呀？衛士然耶，妳和他什麼時候有交集了？」

「衛士然不好嗎？」他品性端正，長相也不錯，雖然不太愛講話，但也不難相處，還有顆善良的心。

「沒有不好，我只是很訝異妳會喜歡他。」王伊眞一臉狐疑，「到底爲什麼？難道是因爲我一直說妳和歐立穎有鬼，妳才賭氣去找衛士然？」

王伊眞此刻的態度讓我想起，大學時她得知我和衛士然在一起後，也是差不多的反應。

一直以來，王伊眞對衛士然似乎都特別有意見，而且不知爲何老要把我跟歐立穎湊成一對。

「我和歐立穎就只是很好的朋友，可能因爲我和他是異性，大家才容易想歪吧。」我再次澄清，「我跟他現在沒什麼，以後也不會有什麼，衛士然才是我想在一起的對象。」

我說得如此明白，王伊眞雖不信服，不過也沒再講什麼。

公車抵達，這次上車後沒見到歐立穎了。

奇怪的是，到了學校也不見他的人影，直到第一節課開始，歐立穎都沒有來。

「歐立穎感冒了。」

下課後，我跑去詢問蔡菁諭老師，得到了這個答案。

「感冒？他昨天還好好的，今天就感……」話還沒說完，記憶又忽然湧上。對呀，歐立穎在我的生日前夕感冒，卻還是來參加了生日會，當時大家都稱讚他很有心，我也相當感動。

可是如今我們吵架了，明天就是禮拜六，這樣禮拜天歐立穎還會來嗎？

原本我和王伊眞、施宇衛禮拜六會去探望歐立穎，然而這一次，我已經先和衛士然約了看電影。

但我也不想爲了約會而改變去探望歐立穎的計畫，在原先的時間線，我爲了衛士然爽約過歐立穎好幾次，不能再重色輕友了。

我向蔡老師道謝，準備離開，她卻叫住了我。

「蔚沄，妳氣色似乎不太好，是發生了什麼事嗎？」她關心地問。

「沒什麼的。」我搖搖頭。

「是……家裡發生了什麼事嗎？」奇怪，之前蔡老師也問過我同樣的問題。

「不是，是我和歐立穎吵架了。」我嘆口氣，「所以他今天沒來學校，讓我有點沮喪。」

「原來是這樣。」蔡老師看起來好像略顯失望，「不需要太擔心，他媽媽說只是小感冒而已。」

「謝謝老師，那我先走了。」我向蔡老師頷首，離開了辦公室。

走在走廊上，我遠遠瞧見王伊眞和施宇衒，立刻對他們揮手。

「欸，我們今天放學去看歐立穎好嗎？」

既然禮拜六我有事，那改成今晚去看他就行了吧？

王伊眞和施宇衒有些爲難地對視一眼，「不能明天嗎？我們今天晚上要去補習班試聽。」

「補習班？你們現在才想補習會不會太晚？」我不解。

「哪會晚，就是大考前的衝刺班呀，我們想去聽聽看怎麼樣，再考慮要不要報名。」王伊眞努努嘴。

「不需要去聽，因爲你們根本不會報名。」我沒好氣地說，我知道他們兩個直到大考前都沒有補習。

「妳就自己去看歐立穎啊，我和伊眞明天再去。」施宇銜插嘴。

「我自己去……」這樣好嗎？晚上單獨去男生家？不過歐立穎的家人也在，所以……不，這樣更奇怪吧？

「妳明天可是要去約會，難道想重色輕友不去看歐立穎？他生病耶！」施宇銜這傢伙意圖讓我良心不安。

「知道了啦，我今天會過去。」我擺擺手，而他們兩個又互看一眼，笑了一下。

「記得帶個慰問品去，舒跑或布丁之類的。」王伊眞叮囑。

「或者去煮個稀飯什麼的。」施宇銜說，這是漫畫看太多了吧。

「我覺得病人需要的是靜養，眞要說的話，我們連去看他都不用，因爲那是打擾。」我實際地表示。

「重要的是心意啊！」施宇銜嚷嚷。

顯然跟高中生講這些是沒用的，因爲他們更在乎心理層面的安慰。

「我還是會去啦，只是不會打擾太久，而且下課後過去的話，他們大概都在吃晚餐了，這樣很失禮。」

「妳又沒參加晚自習，去到他那邊連他爸媽都還沒下班回家吧。」王伊眞沒好氣地反駁，「總之就交給妳了，我們明天再去。」

好吧，只能這樣了。

放學的時候，我找尋著衛士然的身影，想和他確定明天的行程，隨即看見他背著書包離開教室。我趕緊跟上，而他在走廊盡頭轉過身，並不是往樓梯的方向走。

我正準備喊他，卻發現他的對面站著黃韶瑾，於是我下意識地縮起自己的身體，躲在牆壁邊。

「我看到你的桌墊下面有《二十八天毀滅倒數》的海報。」黃韶瑾這麼說，居然跟我的說詞一模一樣。

「妳們女生都喜歡注意人家的桌面嗎？」衛士然回應。

「什麼？還有誰這麼跟你說嗎？」黃韶瑾皺眉，不過衛士然沒回答。接著，黃韶瑾從裙子的口袋裡抽出兩張微皺的紙，上頭赫然印著《二十八天毀滅倒數》的主視覺，「我有電影票，要不要一起去看？」

糟了，我只記得要看電影，卻忘了先去買票，天啊！

「爲什麼約我？」衛士然語帶疑惑。

「班上其他女生都對這個沒興趣，正好我看見你有海報，所以……」說完，她自然地聳了聳肩。

「妳問過班上所有女生？」

「幾乎。」黃韶瑾答得含糊，但她絕對沒問過我。

原來黃韶瑾在高中時就對衛士然有好感？

「嗯，可是我已經和夏蔚沄約好去看了。」

「原來你們昨天在教室講的就是這個。」黃韶瑾一副若有所思的樣子，接著乾脆地把電影票收了起來，「那我再找別人吧，拜拜。」

說完，她就要往樓梯這邊來，我趕緊往前跑了幾步再轉身，假裝剛要走過來，還「啊」了一聲，像是被忽然從轉角出現的黃韶瑾嚇了一跳。

「夏蔚沄。」遇到我，黃韶瑾先是一怔，然後對我點點頭。

「妳有看見衛士然嗎？」我朝她微笑。

「在那邊。」她往後指了一下，「我原本要約他去看電影，不過他說已經和妳約好了，眞是可惜，我不知道還能找誰。」

我不確定黃韶瑾是天然還是聰明，她這樣說，若是十七歲的我，也許會心軟地邀請她同行，但我的內心並不是少女了，我不怕讓別人受傷，也不怕拒絕人。

「妳一定可以找到人一起去看的。」我給她一個微笑，透過她淡然的表情，我看不出她的情緒。

「那禮拜一見了。」她對我說，也向後頭的衛士然道別。

目送她走下樓梯，我心想，原來在原先的時間線，當我和王伊眞、施宇銜去歐立穎家探病時，黃韶瑾和衛士然單獨去看了電影？

在我與衛士然交往的期間，他從來沒提過這件事，我甚至不曉得他和黃韶瑾在高中時期就有過交集。

這並不代表什麼，我明白。

可我的內心總有一種怪異的感覺，彷彿目擊劈腿現場。

因此，我莫名對衛士然有點生氣。

「妳的票也長得和黃韶瑾拿到的票一樣嗎？是的話，我想收藏票根。」衛士然對方才我和黃韶瑾之間的暗潮洶湧渾然不覺，自顧自地開口。

「我跟你說，我才沒有票。」我瞪向他，而他一陣愕然。

「妳沒票？」

「對！」

「那妳爲什麼跟我說妳有票？」他臉色一沉。

「因爲我對你有興趣，所以才騙你說有票，這樣你才會和我去看電影。」

該說是勇者無懼，還是覺得該速戰速決了？

誰知道哪天我會不會一覺醒來，又回到了二〇二〇年？

我沒時間慢慢耗了。

如果說我們之間的愛情注定會發生，差別只在時間早晚，那或許我只要表現得和當初衛士然喜歡上我的個性一樣，他就會提早愛上我了，不是嗎？

就如同我會愛上以後的他，也會喜歡現在的他一樣。

然而衛士然卻顯得不太高興。

我懂得他這樣的表情，他討厭被欺騙。

「不然我要怎麼說，你才會願意和我一起看電影？」

「妳可以直接說對我有興趣，想找我看電影。」衛士然的回應讓我不禁失笑。

「這樣你確定會跟我去？」

「大概不會。」他聳肩，「可是妳不該騙我。」

「黃韶瑾也是騙你，嗯，雖然她的確有票，但她醉翁之意不在酒，所以我們是差不多的。」我向前一步，微微低頭抬起目光注視他。他曾說過喜歡我這樣看著他，果不其然，衛士然的態度稍稍軟化，甚至耳根也紅了起來，反射性地往後退。

「什麼、什麼意思？」他用手遮著嘴，眼神看向旁邊，和大學那時與我談戀愛一樣的純情。

「黃韶瑾大概也喜歡你，只是她更加謹慎，眞的準備好了票，而我沒有。也還好我沒有乖乖等準備好票才去約你，不然你很有可能就先被黃韶瑾約走了。」

在原本的時間線，他們一起去看了電影，那之後都沒發生什麼嗎？難道不是因爲這樣，他們才念同一所大學？

算了，我再度告訴自己，算了。

探究已經發生過的未來沒有意義，我該做的是守護好過去，使這樣的未來不會又一次發生。

「我不知道現在的女生會這麼直接，感覺很奇怪。」衛士然絲毫沒察覺我的心機，他用手搓了一下鼻子，含糊地說。

「你討厭？不喜歡嗎？」我逼近他，「當然，我不會自戀到和你看一次電影就覺得你會喜歡我，不過我是眞的想看那部電影，也是眞的想和你多相處，所以我們按照原訂計畫好嗎？」

衛士然盯著我瞧，最後緩緩點頭。

這算是成功的第一步對吧？

「太好了，那我們明天見，票的事情你不用擔心，我會想辦法的！」說完，我對他揮了揮手，蹦蹦跳跳地往樓梯的方向去。

明天的電影票可以今天先買好，但我必須先去歐立穎家。如果半小時內能夠結束探病的話，我再去買電影票後回家，也應該七點半就可以到家了。

可惡，無法用手機上網訂票真是不方便，就算能用電話訂票，可是我不記得電影院的電話，眼下也無法上網查詢。

我以跑百米的速度奔到公車站，神奇的是，我還記得去歐立穎家該搭幾號公車，以及該在哪站下車。

途中，我傳了訊息給歐立穎，告訴他我等等會去探病，問他需要些什麼。

「不用來。」

結果這混蛋回我這句話，他不曾用這種語氣跟我說話，我頓時十分不悅。

最後，我終究聽從了笨蛋情侶的建議，買了舒跑和布丁，來到歐立穎的家。

他家位於老舊公寓的三樓，當我轉進巷子時，習慣性抬頭一瞧，居然見到歐立穎就站在窗邊。一發現我，他便飛快地躲進去，令窗簾一陣擺動。

「準備幫我開門！」我大喊，聲音在巷子內迴盪，讓其他棟正在晒衣服的鄰居探頭張望了一下。

我走到一樓的紅色鐵門前，大門正好「嗶」的一聲打開。提著塑膠袋爬上三樓，傲嬌歐立穎就站在鐵門裡面，還不幫我開門。

「不是叫妳不要來嗎？」他的聲音比我想像中沙啞，即使戴著口罩也看得出來氣色不好。

我愣了愣，記得在原本的時間線，禮拜六我們三人來探病時，他的病況並沒有這麼嚴重。

「你先幫我開門。」

「我感冒第二天通常會很不舒服，怕傳染給妳。」他堅持不開門。

「不會，我……」我翻著書包，拿出了口罩，「我有帶口罩來。」

「雖然SARS已經幾乎消失了，但我說不定中標了，我到現在還在發燒。」他咳了幾聲，壓緊自己的口罩，「趕快回去吧，妳的生日會我可能也沒辦法……」

所以他剛才在簡訊裡才會是那種語氣啊……

「你明天感冒就會好很多了，也有辦法來參加我的生日會，而至少在你離開我的那年，也就是二十二歲之前，你都非常健康地活著，所以別胡思亂想。」我給他打氣。

「妳又知道了？」

「我當然知道，不是說了，我來自未來。」我抬頭挺胸，歐立穎口罩下的嘴角抽動了一下——其實我看不見，但我敢確定一定有。

「嗯，不過我真的感冒得很嚴重，妳還是回去吧。」歐立穎無奈地說。

「那你好好休息，這是給你的慰問品。」我晃晃手中的塑膠袋後，綁在鐵門的門把上，「我們和好了，對吧？」

「我們有吵架嗎？」他說，我正要反駁，卻注意到他眼中閃過一絲狡黠的笑意。

好吧，這也算是他的一種溫柔。

「沒有吵架。」於是我也笑著這麼回。

他笑彎了眼睛，又咳了幾聲，我趕緊要他快點去休息，而他看著我離開樓梯間。

探病比我預計的時間早了二十五分鐘結束，因此離開時，我的步伐沒那麼急促，轉彎時還抬頭望了一下歐立穎家的陽臺。他站在那對我揮手，我也對他揮手，用嘴型說了再見，又催促他快去休息。

為什麼對於他會站在那目送我離去，我一點都不意外呢？

隔天，我提早抵達約定地點，當我一面照著鏡子檢查自己的劉海，一面感嘆年輕的肌膚果然不一樣的時候，一道腳步聲停在了我的後方。

「妳好早到。」衛士然的聲音傳來，感覺好熟悉。

我們在一起的時候，他也時常說這句話。

「你不也早到了嗎？」我一笑，差點就要習慣性地勾起他的手，幸好克制住了，「我們快出發吧，我還訂了餐廳喔。」

「餐廳？很貴嗎？」衛士然的反應就是個十足的學生。

「我有抵用券，啊，這次是眞的，昨天我爸爸給我的。」我從包包裡抽出兩張雙人餐券，餐點只要半價。

「哦，這次沒有騙我。」衛士然反過來調侃，這是個好兆頭。

搭乘捷運來到信義區的電影院，猶記當年我就認爲這裡是最繁華的地方了，但跟二〇二〇年相比，此時的信義區還未發展到極致。

在未來，我和衛士然看過好幾次《二十八天毀滅倒數》，卻總是忘記劇情在演些什麼。我並不喜歡活屍片，可是衛士然喜歡，所以我陪他看過許多活屍片，然後每次都記不得情節。

不過這一次不同，即便記不清楚，我也已經看過好幾次了，而他是第一次看。因此當活屍衝出來，或是主角必須殺掉其中一個夥伴時，他微微驚嚇的模樣都讓我感覺十分新鮮。

「妳好像很冷靜。」散場後，這是他的第一句話。

「我只是害怕得比較內斂。」總不能說我看過好多遍了。

「那妳最喜歡哪個橋段？」他問，原來他從以前就會這麼問。

「我喜歡結局，主角講的那句『你覺得他們這次看見了嗎？』在主角受困的日子裡，救援直升機其實一直都有過來巡視，然而每次都並未伸出援手。我認爲那是因爲英國是海島，比起派軍隊處理活屍或想辦法研發疫苗，不如封島，等所有活屍都死去後，再去救援那些倖存的人們。」我停頓了一下，「由此可見，與其一味地等待救助，不如自立自強，得先活下來，才有辦法等到救贖。」

說完，我才驀地驚覺，是呀，我怎麼會忘記這個道理？

大概是因爲我從沒想過現實眞的可以讓人絕望吧。

不過這番結論其實是衛士然跟我說過的，如今我照本宣科告訴了高中時的他。

「哇，妳的想法跟我一樣。」果然，衛士然顯得相當讚許，「我身邊的朋友都不太喜歡活屍片，還說這種題材太黑暗。」他又說。他不知道的是，活屍題材在往後幾年將是廣受歡迎的主流。

「其實我的確也不太喜歡。」我聳聳肩，「不過如果你喜歡的話，我可以陪你看。」

他先是一愣，接著搖頭，「算了吧，與其勉強不喜歡的人看，不如我自己一個人看比較輕鬆。」

「我沒有勉強呀，陪你做你喜歡的事情，我很高興。」這並不是肉麻，而是我已經過了動不動就害羞的年紀，再加上有時間壓力，沒辦法慢慢來。

我每天都在擔心，下次張開眼睛是否又會回到那個大家都離我而去的未來。

「妳說這些話都不會覺得很羞恥嗎？」衛士然紅了臉，還用羞恥兩個字來形容，令我感到十分有趣。

「我對你有興趣是眞的，所以沒時間羞恥，總比約你看電影，還說只是想和你做朋友好吧。」我兩手一攤。

「我以爲妳跟歐立穎就是這樣。」

又來了，我翻了個白眼。

「我和歐立穎眞的沒有什麼，完全沒有。」我抬手在空中比了一個大叉叉，「別說這個了，我們去吃飯吧。」

「等等，妳口口聲聲說對我有興趣，那妳有興趣的部分是什麼？」衛士然叫住我，「是想看我的反應？是想跟我變熟一點？還是我是妳的菜？或是……」

「因爲我喜歡你。」我直接說，衛士然被堵得啞口無言。

「……妳太自然了，讓我不曉得該不該相信。」

「男生不是都喜歡女生自然一點嗎？」我一笑，「我已經把我的想法告訴你了，所以我們快去吃飯吧。」

「妳不聽我的回答？」

「你現在的回答一定會是『我們還是先當朋友』，那我何必問。」我聳肩，明白自己目前絕對得不到想要的答案。

但我還是要告白，一旦他意識到我喜歡他，就會對我另眼相看，把我放在心上在意著。

如此一來，就是成功的第一步了。

「妳眞是個奇怪的女生。」他一笑。

他笑了！

對我而言，這就是最好的讚美。

於是我決定乘勝追擊，有道是拿人手軟、吃人嘴軟，所以吃飯的時候，我趁機問他禮拜天是否願意來參加我的生日會。

聞言，他似乎猶豫了，畢竟要來我家，會猶豫也是正常。我把會來生日會的成員都說了出來，他卻依舊猶豫，大概是因爲來的人都和他不同掛。

「如果你想約誰一起來也可以，反正我爸媽準備了很多食材。」我說，避免給他壓力。

「妳生日找我去好嗎？」

「你來我當然更開心。」我用力點頭，「而且你剛才堅持給我電影票的錢，讓我有點過意不去。先說好，我的生日烤肉會是不需要付錢的喔，我爸媽請客。」

他仍在猶豫，他向來如此，優柔寡斷的。雖然會感到猶豫的話，通常就是代表答應的機率比較大。

「明天五點開始烤肉，等等我把我家地址用簡訊傳給你。」我用跟面對未來的他時一樣的方式處理，就是幫他決定。

「我知道了。」他頓了一下，「約黃韶瑾一起吧。」

「欸？我不要。」我馬上沉下臉，「我都說她也喜歡你了，你怎麼還想把我的情敵帶來我的生日會？」這也太白目了。

衛士然大概沒料到我會講得這麼明白，他先是尷尬一笑，接著才說：「因爲總覺得拒絕她的電影邀約不太好意思，畢竟這是教我功課的回報……」
我聽到了什麼？教功課？回報？
「你們有私交？」我並沒有吃醋或嫉妒，更多的是一種終於接近眞相的感覺，我一直很介意未來的他們怎麼會搭上線，更甚至結婚生子。
原來他和黃韶瑾在高中時的交情就超過一般同學了，這麼說來，對未來的黃韶瑾而言，或許我才是半路殺出的程咬金。
沒關係，至少這一次，我們算是在同樣的起跑點上了。
「不是私交，只是她從國中開始就偶爾會教我功課。」衛士然表示，我大吃一驚。
「你們是國中同學？」
「是補習班同學，不是同校。」他聳聳肩。
他們的羈絆比我想像的還要深。
所以，未來他才會和黃韶瑾結婚。
結果我才是他們生命中的過客？
不，不對，既然我知曉了所有未來，那這一次就該盡力扭轉一切。
我打算再次拒絕他的請求，可是轉念一想，昨天衛士然在黃韶瑾面前選擇了我，要是禮拜天他又約她來我的生日會，這衝擊該會有多大？抱歉了，高中時期的黃韶瑾，我得毀掉妳的小小暗戀，爲了我往後的人生著想，我必須擁有衛士然才行。

「好吧，那她就交給你約，你們再一起過來。」我說，衛士然聞言挑起一邊眉毛，似乎沒料到我會突然這麼大方，接著露出了笑容，說了句謝謝。

他眞是天眞，怎麼會明白我這三十幾歲女人的心機呢。

不過黃韶瑾會原諒我的吧？衛士然也會原諒我的吧？

因爲在未來，他們都把我傷得很深、很深。

和衛士然吃完晚餐，我就回家了，到家才注意到王伊眞傳來的簡訊，主旨寫著「完蛋」兩字。點開一看，是她問我歐立穎是否不知道我今天和衛士然去看電影。

歐立穎知道我要和衛士然去看電影，但應該不知道是今天。可是，這有必要告訴歐立穎嗎？所以我沒回應這則簡訊，畢竟歐立穎都說了，傳簡訊要三塊錢，那我就不回無意義的詢問了。

我和爸媽討論了一下明天烤肉用的食材和時間，還順便和夏靜羽吵了一下玉米該塗奶油還是烤肉醬。

睡前，我躺在床上衷心祈禱，希望明天醒來後，我仍在這個幸福的時空。

第四章

我張開眼睛，看見的是白色的天花板，顏色比起我昨天睡前看到的還要暗一些，一旁的燈散發出刺眼白光。我內心一驚，下床後看見媽媽坐在餐桌邊發愣。是失智的媽媽，不是穿著套裝、精明幹練的媽媽。

我的心一沉，環顧套房一圈，瞧見了爸爸和夏靜羽的遺照，而媽媽正左右搖晃著喃喃自語，這一切讓我不禁痛哭。

和美好的過往相比，此刻的現實更顯得可悲，更令我無法承受。

忽然，一陣天搖地動，但眼前的媽媽不爲所動，我連忙走過去要叫她躲起來，整個房間卻瞬間一暗。

「姊！妳還不起床嗎？」

夏靜羽的臉出現在我面前，她用力搖晃著我，「因爲妳臨時多邀了人來參加，所以爸媽要去補買食材，快點起床！」

我茫然地坐起身，看著周遭景象，我在的地方還是那個全家人都在的家。

現在是夢，還是剛才那個才是夢？

「睡糊塗啦，姊姊？」夏靜羽捏了我的臉，「我想吃香菇，爸媽居然沒有準備香菇。」

「烤香菇有個怪味……」我怔怔地回應，直到說話了，才有了眞實感。

「哇！姊，妳怎麼了？爲什麼這樣？做噩夢？」夏靜羽嚇了一跳，抽了兩張衛生紙給我，我這才意識到自己哭了。

這裡……才是眞實的世界，眞是太好了，太好了……

整理好自己的情緒，我走出房間，見到媽媽正背起包包，而爸爸拿著車鑰匙，夏靜羽在玄關穿鞋。

這樣的日常才是我想要的，爲了避免再次走向一樣的未來，無論要付出什麼代價，我都願意。

我們來到以前時常造訪的傳統市場，我在經過某攤菜販時，買了幾顆青椒放進媽媽的籃子裡，夏靜羽發現有她討厭的青椒還和我鬧了老半天。

「我有朋友愛吃啦！妳不要吃不就好了？」

「朋友？很詭異喔，男生嗎？」夏靜羽瞇起眼睛，這時我的手機正好響起，我藉此逃過了這個話題。

來電者是王伊眞，這還眞難得，畢竟這個年代沒有LINE可以用來通話，講電話的每一分每一秒都要付費，因此我們一般很少撥打手機，都是打家中電話。

「欸，我等等一個人先提早到唷，大概三點。」王伊眞說完就掛斷，眞是省錢。

她提早到做什麼？不是說了不用幫忙嗎？在原本的時間線她也沒有早到。

結果王伊眞三點之前就到了，她跟著我們在餐桌旁串玉米、香菇、青椒、蔥肉等等，好不容易準備完畢，王伊眞才跟著我進到房間，一臉凝重。

「怎樣？決定不補習了對吧？」我調侃。

「對，不補了，我們不喜歡，不過那不是重點。」王伊眞深吸一口氣，「所以，妳現在和衛士然在交往？」

「沒有，但這的確是我的目標。妳幹麼這樣？」

王伊眞倒抽一口氣，我接著說：「我不是都說了喜歡他嗎？而且昨天去看電影的事你們也都知道，爲什麼要這樣問我？好像我做了什麼壞事一樣。」

「我以爲妳只是一時迷惑，或是想逗逗衛士然，或者在跟歐立穎賭氣之類的。」

「怎麼又提到歐立穎？昨天你們也講到他。話說他感冒好多了對吧？」

「妳現在才關心歐立穎的感冒？」王伊眞看起來似乎想揍我，可這是因爲我知道歐立穎一定會好起來啊。

「我禮拜五就去探望過他了，而且他很健康的。」說著，我忽然想起自己還沒告訴他們多邀了兩個人，「對了，等等衛士然和黃韶瑾也會來。」

「我的天啊，夏蔚沄，妳是眞傻還是裝傻？」王伊眞兩手放在臉頰邊大叫，接著抓住我的肩膀搖晃。

「怎麼了啦，不行嗎？」我頭昏了。

「妳眞的是……有沒有想過歐立穎的感受啊！」

「爲什麼又提歐立穎……」我噤聲，皺起了眉頭。

如果我是十七歲的夏蔚沄，肯定會說「別傻了」、「我們就是好朋友」，然而事實上，這次回來不過幾天時間，我也注意到了歐立穎對我的態度不尋常，這是以前的我從沒注意過的。

可是，未來的歐立穎會有女朋友，而他也從來沒對我表示過什麼，所以我也才會認爲他並非別有用心。

在原本的時間線，歐立穎是在上了大學後逐漸疏遠我，那具體上是什麼時候？

我記得是大二，大二發生了什麼事？同學會、我拿到某個比賽的第三名、還有我和衛士然……我一怔，歐立穎疏遠我的確切時間，正是我和衛士然開始交往以後。

見我表情僵住，王伊眞張大了嘴，「妳現在才發現？」

「歐立穎喜歡我？」

「夏蔚沄，我該稱讚妳總算不遲鈍了，還是該罵妳實在太遲鈍？」

歐立穎喜歡我。

是啊，如果是這樣的話，一切就都合理了。

可是爲什麼？

在原本的時間線，王伊眞和施宇銜從來沒告訴過我這件事，爲什麼現在……啊，因爲在原本的時間線，高中時我並沒有喜歡上別人，之後我們雖然各自考上不同大學，不過幾乎每個禮拜都會相聚，我和歐立穎甚至每天都會聯絡，直到同學會後，我和衛士然在一起爲止。

對他們來說，得知衛士然的事情時，就是我們已經在一起後了。

而這一次不一樣，我們四人每天在學校都見得到面，衛士然也和我們同班，所以他們才會有不同的反應。

「歐立穎自己告訴你們的？」

「不用說全班也都知道好嗎？」王伊眞翻白眼，「我以爲妳心裡多少有底，只是還不想正式交往，在享受曖昧，結果居然殺出個衛士然。怎麼回事？你們之前根本毫無交集，妳從來沒和我聊過衛士然的事，爲什麼一覺醒來妳就喜歡上他了，還趕進度似的跟他約會？」

我確實在趕進度，爲了我的未來。

「所以，歐立穎並沒有親口說出喜歡我？」我確認。

「不需要他說，我們都知道。」

「你們沒問過他？」

「就說了，不需要說、不需要問，有眼睛的人都知道。」王伊眞兩手一攤。

「好，那我明白了。」

「妳打算怎麼做？」王伊眞皺眉。

「我什麼也不會做，我會繼續裝作不知情。」

「夏蔚沄！」她喊。

「歐立穎不說，不就是不想破壞我們之間的友情？那我爲什麼要表現出我知道的樣子？」我覺得十分憤怒，因爲這或許就是歐立穎當年離開我的理由。

就因爲我和別人交往了？就因爲我和衛士然在一起？

所以他就能在我最痛苦的時候丟下我？這就是他對我的喜歡嗎？

「如果我眞的離開妳，那一定是我做了什麼對不起妳的事，沒臉面對妳。」

講得這麼好聽，只不過是因爲我沒喜歡上他罷了。

是因爲他偉大的愛情沒有回報，他才會丟下我的！

「妳爲什麼要這麼生氣？」王伊眞滿臉不解。

「總之，我會當作沒聽過這件事，妳也當作從來沒告訴過我。」

「夏蔚沄。」她又喊了我一次，我都不曉得王伊眞什麼時候這麼在乎我的感情狀況了。

「我並不喜歡歐立穎，我和他永遠都會是朋友。」我認眞地看著她，「爲了避免我們尷尬，我認爲這是最好的處理方式，妳能明白嗎？」

「嗯……我明白感情不能強求，妳都這麼明確告訴我對歐立穎的感覺了，我也尊重妳。」王伊眞抿唇，「那我講最後一次就好，如果妳眞的只把他當成朋友，那也許要改變一下相處的模式，我不是說馬上，畢竟馬上改變也很奇怪……」

「妳的意思是，我的態度會讓歐立穎誤會？」

「我沒這麼說，但是或許。」王伊眞說得委婉。

十七歲的我聽了或許會生氣，認爲她在汙衊我的人格，可是三十四歲的我明白，自己十七歲時的態度大概眞的會令人誤會，畢竟男女之間有純友誼這種話，是說給願意相信的人聽而已。

「我懂了。」於是我如此回應。

奇妙的是，和王伊眞當朋友這麼多年，我似乎從沒有和她認眞聊過感情觀，就連和衛士然在一起後也沒有。

「我先傳簡訊告訴施宇衜，衛士然也會來，然後要他先跟歐立穎說。這樣可以吧？」

「妳覺得有必要？」

「當然有，總比他來了以後才看到衛士然好。」

「他不會因爲知道了，就直接不來？」

「妳怎麼能把歐立穎當成小心眼的男人。」王伊眞語帶責怪。

「難道歐立穎得知我和衛士然昨天去看電影後，沒有生氣嗎？」

「他沒有生氣，只是心情不太好。」

「那不是一樣？」

「哪有一樣，妳爲什麼對歐立穎這麼沒信心？」

這是因爲未來的歐立穎眞的會這樣。

我聳聳肩，不再發表意見，並做好了歐立穎會臨時放鴿子的心理準備。

當我們把食材統統搬到頂樓，而爸爸也準備立起烤肉架時，他們幾個人都到了。事後我才聽說，就在施宇衡把衛士然的事告訴歐立穎的同時，他們也看見衛士然和黃詔瑾從巷子另一頭走來。

我永遠也不會曉得當下歐立穎有沒有想掉頭就走，而這場生日烤肉會如同我記憶中那樣瀰漫著尷尬，只是這次會尷尬不是因爲王伊眞，而是因爲我。

由於得知了歐立穎的感情，我面對他時難免感到彆扭。如果只是單純得知某個朋友喜歡自己，憑我三十幾歲的成熟度絕對能夠應付，可是對方是歐立穎。

對我而言，比起他對我的感情，得知他未來離開的理由竟是因爲這種事，反而才是最讓我無法釋懷的，但我也無法對無辜的他發脾氣。

同時，我也對自己生氣。這些年來，我居然都沒察覺歐立穎的心情，甚至回到過去後也沒察覺，我到底有多失敗？

都差點忘了我就是這麼失敗，才會把人生活成這樣。

所以這一次，我不能再失敗了。

我堆起笑臉，向大家說：「謝謝你們今天來參加我的生日烤肉會！」

歐立穎看著我的眼神十分複雜，卻仍盡力扯出一個微笑，然後他向我爸媽打招呼，主動說要幫忙生火。

而我則和黃韶瑾打了招呼，沒想到她眞的來了，可見她確實很喜歡衛士然。

「生日快樂，謝謝妳邀請我。」黃韶瑾對我一笑，顯得眞誠毫無虛假。在我的印象中，無論是在高中時期，還是和衛士然結婚後，她永遠是個溫柔又愛笑的好女孩。

轉過頭，歐立穎正和爸爸一起奮力生火，他刻意避開了我的視線，那小心翼翼又在意著我的卑微模樣，令我無地自容。

這瞬間，我覺得自己好像壞人。

他們不過是十七歲的少年少女，而我是一個心靈早已腐朽、爲了自己的利益而回到過去的三十四歲女人。我計算著每一步，只爲達成自己的目的，甚至連他們青澀的情感都要傷害。

「謝謝妳邀請我。」衛士然看著滿桌的豐盛食材，露出了孩子般的笑，「我喜歡青椒。」

「所以我才準備這麼多。」我的一切心機，都是爲了讓這個人喜歡上我，我好懷念這樣的感覺，他凝視我、我凝視他，然後兩人一同揚起笑容。

「大家好，我是夏蔚沄的妹妹。」夏靜羽從樓梯走上來，規規矩矩地和所有人打招呼，一副乖巧的樣子。

「我妹今天臨時不用補習，所以就來參加了。」我回過神，簡單向夏靜羽介紹他們幾個。

「施宇衛和王伊眞是一對，有時候他們會忽然陷入兩人世界，不用理他們。」

「喂，陷入兩人世界的是誰？」施宇衛沒好氣地回，被王伊眞用力搥了一下。

接著，我帶著夏靜羽來到歐立穎面前，「這是歐立穎。」

因爲生火的關係，他的臉頰被木炭弄黑了。他朝夏靜羽輕輕點頭，禮貌地一笑，我看得出來那個笑很僵硬，同時他對我也保持著微妙的距離。

我想，王伊眞不會告訴歐立穎，我已經得知他喜歡我了，所以歐立穎這樣的反應大概是由於衛士然的出現，還有昨天我和衛士然去看電影的事。

王伊眞說，我不能讓歐立穎感覺自己好像有機會。

或許自始至終，歐立穎都認爲我們正在曖昧，因此他才會在知道衛士然和我交往後，忽然抽離了我的生活。

從他的角度來看，我大概才是壞女人，是我一直讓他以爲自己有機會，蹉跎了他這麼多年。

所以我看向歐立穎，堅定地看著，「他是我最要好的朋友。」透過他瞠大的雙眼，我明白自己重重地傷了他，可是他依舊保持著僵硬的笑容，以爲不會被我發現。我別開目光，逃避面對我所造成的傷害。

「我是夏靜羽，你這樣好像小煤炭唷。」而夏靜羽優雅地向歐立穎打招呼，以甜美的微笑化解了我和歐立穎之間的尷尬。

我在內心暗自向夏靜羽道謝，我從沒想過回到過去後，除了要改變自己的人生，還會有這麼多當年沒發現的感情問題需要解決。

烤肉會還算順利，雖然施宇銜似乎在對我生氣，不太理我，不過有王伊眞在場，所以問題不大。只是歐立穎和我之間明顯氣氛尷尬，我們幾乎沒有單獨說話，倒是黃韶瑾和衛士然和我互動最多，他們甚至送了生日禮物給我。

他們都送我文具，從紙袋來看是稍早一起去買的。我笑著收下，表示會使用，但晚上我就把黃韶瑾送的筆記本給了夏靜羽，而衛士然送的原子筆套組則放在桌邊。

我傳了訊息告訴衛士然：「有了這個原子筆套組，我考試一定能考得很好。今天很謝謝你過來，我超級開心。」

「我也吃得很開心，明天見。」

他回訊息的速度滿快的，這也是好的跡象，對吧。

接著，我傳了一封群組訊息給每個來參加的人：「謝謝大家今天來參加我的十八歲生日烤肉會，祝福大家明年學測都有好的成績！」

這樣一來，衛士然就會知道我發了群組訊息給大家，可是只有他的訊息是另外發，而且還是先發。

高中生會有這種心機嗎？我不曉得，但我非得這麼做，才能快點和衛士然在一起……

等一下，我是腦子不清楚嗎？居然沒意識到這麼簡單的邏輯？

我是不是已經改變了過去？是不是已經在不知不覺中做對了什麼，只是我自己沒有發現？

想到這裡，我摀住了嘴巴，在房間裡開心到差點尖叫。

這樣沒錯吧？是對的吧？

在夏靜羽自殺的那條時間線，她和我念的是同一所高中，而透過她的日記來判斷，那件使她走上絕路的事情並非發生在國中時期，所以是高中的時候。

可是，前兩天她卻說不想和我念同一所高中，只要她不和我念同所高中，那就不會遇到令她想自殺的打擊，也就不會自殺了！

太好了，雖然不明白是怎麼回事，不過我確實改變了過去！

接下來只要加快和衛士然在一起的腳步，然後在爸爸發生意外的那天阻止他加班，並且讓媽媽保持良好的心情和飲食習慣就行了。

這一次，我終於可以幸福了！

「姊姊，妳現在有空嗎？」忽然，夏靜羽的聲音從門外傳來，還反常地敲了門，而我實在是太開心了，一打開房門就先給了她一個擁抱。

「做什麼啦，好噁心喔！」夏靜羽嫌惡地推著我。

「嘿嘿，我覺得今天好開心。」

「十八歲了，犯罪要自己負責了唷。」夏靜羽開玩笑地說。

「再過兩年就能投票了。」我對她比了V字手勢。

「姊姊心情眞的很好。」夏靜羽踏進房間，已經洗完澡的她坐到我的床邊，歪頭看著我笑。

「那當然。」

「是因爲姊姊的男朋友也來了嗎？」夏靜羽瞇起眼睛，故意拉著長音說，「我說錯了，不是男友，是姊姊在單戀。」

「妳人小鬼大耶。」我失笑，「所以妳覺得他帥嗎？」

在原本的時間線，夏靜羽升上高中後，就逐漸和我沒那麼親近了。我當時認爲是由於進入青春期的關係，再加上我的大學生活也很忙碌，因此我們聚在一起的時間變少了，這也算是成長的一種代價。

然而當我和衛士然在一起後，夏靜羽又十分熱絡地與我討論男朋友的事，我也樂於和她分享與衛士然交往的點滴。

當年我曾問她覺得衛士然怎麼樣，夏靜羽只說「只要姊姊有男友就好」。後來，她偶爾會詢問我和衛士然的交往狀況，但我總感覺她不是眞的在乎我的戀情，於是便很少跟她聊了。

再更之後，夏靜羽就離開了。

這一次回來，我想再問問看她對衛士然的想法。

「還不錯嘍，很適合妳。」夏靜羽對我豎起拇指，「姊姊要幸福快樂喔。」

今天眞的是好日子，不僅得到了妹妹的祝福，也和衛士然更進一步，最重要的是，我確定夏靜羽不會自殺了。

「對了，姊，我忽然改變主意了。」

「什麼？」我走到書桌邊，拿起了漫畫。

「我想試試看考妳讀的高中。」

聞言，我手中的漫畫掉到桌上。

「妳說什麼？」我回過頭，驚訝地看著她。

「我說，我想考妳讀的高中。」

「爲、爲什麼？怎麼會忽然改變主意？」我的嗓音不禁微顫。

「其實我原本就有在考慮啦，今天看到妳的同學們氣質都很好，再加上你們高中的風評也不錯，這對未來大學推甄很有幫助吧。」夏靜羽用食指捲著自己的髮尾，「所以，從今天開始我要加倍努力才行。」

「不、不行！不能考我們高中！」我下意識大喊。

「哼，我才不理妳呢。」夏靜羽對我吐了吐舌頭，說完就跑出房間。

我倒抽一口氣，原來我並沒有改變過去，只是前兩天還沒遇到關鍵的轉折點。

那麼，是這兩天發生了什麼事足以令她改變嗎？

不，她剛才不就跟我說了，她覺得我的朋友們氣質很好？就因爲這樣而想來讀我們高中？

「媽、媽媽！」我衝出房門，對著在客廳看電視的媽媽喊，「夏靜羽說要考我念的高中！」

「那不是很好嗎？你們高中很不錯呀。」

「不、不是……」我眞是瘋了，找媽媽商量不會有用的，畢竟就正常邏輯而言，我念的高中確實是個好選擇。

於是，我又跑到夏靜羽的房門前，急急敲著門，「夏靜羽，妳考慮一下吧？我們高中妳考不上啦！」

門「砰」的一聲被打開，「不要烏鴉嘴！我努力就可以考上的，姊姊不相信我嗎？」

我當然知道妳一定可以考上，但是妳不能……我在心裡對她說。

「妳考上我們高中會死掉。」

明明有千百種理由可以用來勸說，然而這個瞬間，我只想到了最眞實的理由。

果不其然，夏靜羽翻了個白眼，直接用同樣的話堵回來：「沒考上我才會死。」

「太奇怪了吧，因爲覺得我的同學們氣質好，就想讀一樣的高中？我不能被說服。」

「我不是還說了，這樣推甄大學也比較有利嗎？」

「可是競爭也會變激烈啊！」我極力反駁。

夏靜羽沉默了一下，咬著下唇，猶豫了半天才說：「難道想和妳念同一間學校也不行？我想走姊姊走過的路也不行嗎？」

這番話讓我一愣。

「我很崇拜姊姊這種話，一定要讓我說出來嗎？」說完，夏靜羽撇過頭，賭氣般地噘起嘴。

「妳幹麼管妹妹要讀哪裡？真不像妳。」媽媽也看不下去了。

「我不是……」我慌張地想辯解，卻什麼也說不出來，我都不知道原來她是這樣想的。

看著夏靜羽微微發紅的側臉，我也不好再反對。好吧，我再想想別的方法讓她放棄，現階段只能先順著她。

「妳先擔心妳自己吧，最近幾次的小考成績都很差，距離學測沒幾個月了。」媽媽一語道中我的痛處，我乾笑兩聲。

「我知道啦，總之，妳如果真的想讀我們學校就試試吧。」我頓了下，「不過我還是更支持妳和朋友念同一所高中，這樣會更有趣喔。」

「姊姊自己都沒和國中同學念同一所了。」夏靜羽失笑。

「總之，妳想考就自己加油。」

「我原本還想請姊姊大考完後教我的耶！」夏靜羽抱怨。

「不行，妳想考就自己加油。」我不留情地說。

但她的這句話讓我想起，在原本的時間線，夏靜羽說想考我念的高中並不是在我生日這天，而是在一月的時候。當時我已經考完學測，便花了許多時間指導她的課業，可是這一次我不打算幫忙。雖然這麼說有點過分，不過以夏靜羽目前的成績，她是考不上我們學校的。

所以，我還是能阻止她。

✦

禮拜一去上學，我並沒有在公車站遇到王伊眞，倒是看見了歐立穎。

這讓我很訝異，因爲歐立穎家並不在這附近，也就是說，他是特地在這站下車等我？

我猶豫了一下才踏出腳步，揚起微笑對他說：「早安。」

大方、大方，我們是朋友，我得大方，表現出好朋友的態度。

今天歐立穎的頭髮顯得特別亂，臉上還難得有了黑眼圈。他朝我扯出一個微笑，低下頭一會，又抬起頭對我微笑。

勉強的微笑，但比剛剛的微笑好多了。

「早。」

「你怎麼會在這裡？」我來到他身邊，想拿出手機確認公車還有多久會抵達，一見到按鍵型手機，才發現自己又忘記如今沒有未來的科技可依賴。

「妳今天這麼難得帶了手機？」歐立穎看著我把手機收回書包裡。

「嗯，希望不要臨時檢查書包。」我聳肩，「你還沒回答我怎麼在這呢。」

「當然是來等妳，不然這一站附近還有任別的同學嗎？」歐立穎答得乾脆，我頓時緊張起來。

「哦……你也很難得耶，這麼早來找我。」我不自在地抓了一下書包的背帶，這是我得知他喜歡我後，我們第一次單獨相處。

眞是太可笑了，都三十幾歲了，還會如此緊張。

「我仔細想了一下……」歐立穎緩緩說，令我更加緊張，「我決定暫時將妳所說的荒唐未來當作眞實。」

「你還沒相信我？」

「這很難相信，但我現在願意開始相信，這樣妳一連串的怪異行為才有辦法解釋。」歐立穎從斜背的書包中拿出筆記本，翻開其中一頁，上頭是密密麻麻的字跡。我仔細一瞧，全是我先前告訴他的那些關於未來的事。

「有幾個時間點我必須確認一下，例如像是……」

「爲什麼？」

「嗄？」

「我說爲什麼？」

「什麼爲什麼？這樣子才能知道妳什麼時候該做什麼事……」

「爲什麼要這樣幫我？」我鼻頭一酸。

在未來，他明明逃離了我身邊，而我也大致猜到了他逃離的原因，那現在我不也正在想辦法和衛士然走到一起？他爲什麼卻要幫我？

「假設那些未來都是眞實的，不就表示妳會遭遇那樣的事？身爲朋友，我不是應該幫助妳避開悲慘的命運嗎？」他說得眞摯，尤其是「身爲朋友」這四個字。

我是如此自私又狹隘，竟然還不如一個十七歲的少年，甚至懷疑他的眞心。

我忍不住掉下眼淚，歐立穎頓時慌了手腳，趕緊從書包拿出手帕。

怎樣的男人會隨身攜帶手帕？我這輩子還眞沒遇過。我也從來不知道原來歐立穎會帶手帕，因爲我從沒在他面前哭過。

「看樣子，未來的妳比較感性。」歐立穎還有心情調侃。

我們兩個一起搭車前往學校，並一同買好早餐才進教室，早就在教室裡的王伊眞和施宇衙見狀，馬上別有深意地對視一眼。

衛士然還沒到，而黃韶瑾向我們道早後，便繼續看她的書。我和歐立穎來到座位上，小聲地討論著我的未來。

我把一切詳細地告訴他，包含在夏靜羽葬禮上出現的神祕短髮女孩、黃韶瑾和衛士然之間的關係，以及鄧淮之老師提到我爸和蔡菁諭老師認識，再來就是夏靜羽改變了高中志願一事。

「妳說未來我會離開，那王伊眞呢？她沒有陪在妳身邊？」歐立穎邊聽邊把新的補充寫入筆記本。

「呃……她是有陪在我身邊，不過她也有她自己的生活。」我斟酌著是否該告訴歐立穎眞相。

「他們都沒跟我聯絡？還是妳沒想過要他們和我聯絡？」他似乎很介意自己的離去。

「總之，如果我們打算改變未來，那麼那些事就都不會發生，不是嗎？」若是說得太過詳細，我就得把施宇衙的命運說出口。

假使必須衡量愛與生命的分量，誰能說哪邊更重要呢？

他們確實擁有羨煞旁人的婚姻生活，是我見過最幸福快樂的家庭，然而正因如此，失去時才倍感痛苦。

可是，即便我認為生命更重要，或許王伊眞和施宇銜仍會更想要那短暫的幸福時光。

我抬頭望向他們兩個，他們正愉快地聊著關於音樂的話題。或許，我的潛意識中也害怕著，如果改變過去是有條件的呢？

例如我只能改變自己的事，要是干涉了別人的命運，就會馬上被打回原形？又或者，我只有改變幾件事情的配額，萬一多事阻止了別人的不幸，或許我就少了一個扭轉自身不幸的機會。

對，我害怕這種情況，所以才沒辦法明確地警告王伊眞，只能提醒她別買某個建案的房子。

回到過去之後，我才深深明白了自己有多自私。

「妳怎麼了？」歐立穎用筆戳了下我的手。

「沒什麼，只是覺得自己是個骯髒的大人，而你們都是純眞的孩子。」

「高中生不是小孩了。」歐立穎正色。雖然以我的角度來說，高中生就還是孩子沒錯，「而且也別說自己是骯髒的大人，大人比較為自己著想，是因為他們承受著比孩子更多的壓力，更別說妳的狀況了。那不是自私，是妳愛著生命的證明。」

我萬萬沒料到歐立穎會這麼說，更是被他這番話給感動了。他是如此溫柔又體貼，總是站在我的角度替我設想。

「妳妹忽然改變志願，會不會跟烤肉會有關？」歐立穎摸著下巴，「她說什麼崇拜妳好像有點怪。」

「其實我也這麼覺得，只是昨天一時反應不過來。」我聳肩，「你在烤肉的時候有注意到什麼嗎？」

「妳妹問了我一些高中的事，還問我有沒有補習、成績如何、大學打算考哪裡之類的。」歐立穎頓了一下，「在妳的未來，我考上哪間大學？」

「你會擔心？」我忍不住笑了。

「也不是，就只是好奇。不過算了，妳別告訴我。」歐立穎閉起眼睛揮手。

「眞奇怪，我妹怎麼會跟你聊課業，她又不曉得你成績如何，要聊也該找王伊眞這位比較熟悉的姊姊聊吧，或是問我更實際。」

「大概是因爲王伊眞和施宇銜一直在恩愛吧。」歐立穎作勢嘔吐，「我們假設她改變志願是在烤肉會之前，才會那樣問我的話，那上個禮拜四、五，她在學校可能發生了什麼事。」

「她之前說過想和朋友一起考女中，或許是她朋友改變了志願，她才跟著改。」我靈光一閃。

「很有可能！」歐立穎飛快地在筆記本上寫下這個可能。

「那我們只要說服她朋友別改變志願，我妹就不會來讀我們學校，這樣就解決了！」我激動地說，歐立穎用力點頭。

「事不宜遲，我們今天放學馬上去看看。我妹今天要補習，就在對……」話還沒說完，一道身影靠了過來，我立刻閉上嘴巴，居然是衛士然。

他打量著我和歐立穎，歐立穎的表情變得不太自在，但還是對衛士然點點頭，然後把筆記本闔起來，並將身體轉向自己的課桌。

「怎麼了嗎？」我揚起笑容面對衛士然，歐立穎又露出作嘔的表情，我裝作沒看見。

「蔡老師的生日快到了，黃韶瑾要大家一起寫卡片，順便票選這三樣禮物哪個好。」衛士然將手中的大卡片遞給我，另外還有一張測驗紙上寫著保溫杯、護手霜、茶包組三樣物品，下方各自有正字記號。

不得不說，黃韶瑾提出的禮物選項挺有品味的，就算是以來自二〇二〇年的我的眼光來看，也不落俗套。

「謝謝。」我接過卡片，「你選什麼？」

「我選茶包。」衛士然再瞥了一眼歐立穎，「你們寫好了就繼續傳，最後還給黃韶瑾。」

「知道了。」歐立穎回。

衛士然離開後，我打開卡片準備要寫，歐立穎又靠過來，「那妳知道最後大家送給老師的禮物是哪個嗎？」

我挑挑眉，「不如你把你想選的東西寫在紙上，而我也在紙上寫下你會選什麼，以及最後的投票結果是什麼，如何？」

歐立穎顯然對這個挑戰充滿興趣，欣然答應，正好這件事我記得很清楚，因爲我和他都選護手霜，不過最後最多人選的是保溫杯。

「我寫好了。」歐立穎把紙條折起來後，朝我伸手，「妳的先給我看。」

「還在懷疑？」我翻了個白眼，直接攤開測驗紙讓他看。

歐立穎詫異地瞪大眼睛，對比自己手上的紙條，然後把手臂伸向我，「我起了雞皮疙瘩。」

「那我可以順便告訴你，蔡老師對保溫杯有陰影，好像是因爲小時候喝到蟑螂過，所以收下禮物後，她一次都沒用過，讓大家沮喪很久。」

「眞的假的，還是改送茶包或護手霜？」

「我們不能隨便改變歷史。」

「妳早就在改變了好嗎？不差這件小事。」

「要是改變了這一點，會讓我自己的未來無法被改變怎麼辦？」

歐立穎思考著，「沒關係，那妳就不要干涉，由我來處理，這樣就不是妳主動去改變未來了。我會找機會有技巧地詢問老師，至於要不要更改禮物就看大家的決定了。」

「好吧。」送禮只是件無傷大雅的小事，沒牽扯到生死，應該不會怎樣吧。

最後，最高票的選項果然是保溫杯，不過和護手霜的票數相差不多。就在大家熱烈討論著保溫杯該選什麼款式時，歐立穎提議：「我們上課時問問老師喜歡什麼顏色和款式吧？這樣才不會買錯。」

「這樣不就會被老師知道了？」黃韶瑾想製造驚喜。

「放心，我來問，不會被老師發現的。」

於是下午的上課時間，歐立穎抓準蔡老師在黑板上寫完題目後的空檔，舉手發問：「老師，每次都看到妳用馬克杯，可是這樣水不是會涼掉嗎？我看鄧老師都會用保溫杯。」

「啊。」蔡菁諭老師瞧了一眼杯子，有些尷尬地說，「因為我小時候用保溫杯時，曾經喝到一堆蟑螂螞蟻，所以對保溫杯有陰影。」

大家都變了臉色，而歐立穎再次抬起他布滿雞皮疙瘩的手臂給我看。

「是不是，要不要相信我了？」我得意地說。

「我再考慮一下。」歐立穎還在嘴硬。

就這樣，送給蔡老師的禮物改成了護手霜，由黃韶瑾負責購買，而她邀請了衛士然一起去，還故意在我面前這麼做。說實話，我很訝異，因爲黃韶瑾應該不是這樣好勝的個性。

難道是電影和烤肉會的事件刺激到了她，她才忽然這麼積極？

內心的不安慢慢擴散，會不會這一次，衛士然最後也會選擇黃韶瑾？

我盯著他們看，意外的是，衛士然瞥了我一眼，接著拒絕了黃韶瑾。

這代表在原本的時間線，他們是一起去買保溫杯的吧。

「妳不快點出發嗎？」歐立穎整理好書包，站在一旁等我。

「啊，我馬上好。」我快速整理完東西，就在我背上書包要和歐立穎離開教室的時候，衛士然來到了我身邊。

「謝謝妳昨天請我吃烤肉，今天讓我請妳吃個冰吧。」衛士然的邀約令我受寵若驚，但我看向歐立穎。

我們約好了今天要去調查夏靜羽的事，我的戀情和釐清夏靜羽自殺的原因，當然是後者更重要，可是衛士然的邀約是一大進展，怎麼會這麼不湊巧！

「我今天和歐立穎約好要去一個很重要的地方，我們明天再一起吃好嗎？」我趕緊這麼說，不想放棄這個機會。

衛士然看了一下我後方的歐立穎，往後退了一步，「嗯。」隨後，他轉頭對黃韶瑾喊：「我有空了，可以去買護手霜了。」

呃，這種討厭的感覺是怎麼回事？

衛士然是這樣的人嗎？

黃韶瑾經過我身邊時，笑著和我說了再見。

「大家的個性好像不太一樣了。」我不禁對歐立穎說。

「妳的個性也很不一樣。」歐立穎聳肩，「總之快點……啊，怎麼卡片也被我收進來了！」他發現自己的書包裡塞了要給蔡老師的卡片，急忙拿出來想交給還在教室裡的其他同學。

「我拿進去吧。」我伸手接過卡片，順道打開確認了一下還有誰沒寫，黃韶瑾留下的祝福映入眼簾。她的字眞是好看，連內容都相當得體，其中最後一句話是這樣的：「祝福生日是四個一的老師，在未來會獲得雙雙對對的快樂。」

原來蔡菁諭老師的生日是十一月十一號，我都忘記了。目前還有大概一個月的時間，黃韶瑾這麼有心，現在就要去買禮物了，不過我討厭這個日子——

我一怔，手上的卡片滑落下來，歐立穎眼明手快地接住，「妳怎麼了？」

我的牙關微微打顫，歐立穎見狀，一手扶住我的肩膀，低聲問：「發生什麼事了？」

「有點、奇怪……但是我討厭……討厭這樣的巧合。」眼眶湧出淚水，我搖了搖頭，「或許是……剛好……」

「怎麼回事？妳跟我說。」歐立穎把卡片放到一旁的課桌上，還在教室的同學們看著我們竊竊私語。

「老師的生日……和我爸爸發生意外的日子是同一天……」

第五章

我和歐立穎一邊吃著麵包和牛奶，一邊在補習班門口張望，確認夏靜羽已經坐在一樓教室裡自習後，我才轉過頭對歐立穎做了個手勢，表示開始行動。

「哩妹和她朋油補習的歌目不一樣？」歐立穎把麵包全部塞進嘴巴，口齒不清地問。

「對，我妹在樓下的教室，她朋友在樓上，所以我才要等確定她不會出來走動後再行動。」我拉好自己的制服，拍掉身上的麵包屑，要歐立穎也快擦擦嘴巴。

我們學校的制服有時可以是暢行無阻的鑰匙，櫃臺的輔導老師一見到我們兩個，立刻堆起了笑容，「歡迎，今天是來參觀的嗎？我們也有爲你們這樣優秀的孩子量身打造的課程喔。」

「謝謝，但我們今天主要是想了解國中的部分，幫我們國一的弟弟預先安排。」我早就準備好一套說詞。眼看有生意上門，輔導老師十分高興，她滔滔不絕地介紹，並帶著我們往樓上走。

「一樓是自習區，教室在樓上。」補習班裡學生眾多，國高中生都有，我四下張望尋找和夏靜羽相同的制服，不久便看見一個圓臉女孩拿著保溫杯從其中一間教室出來。

「朱旻秀！」

「姊姊？」朱旻秀先是一愣，發現是我就笑著跑來。

「抱歉，我們遇到認識的人，也參觀得差不多了，我們等等再下去了解課程內容可以嗎？讓我和她聊一下？」我朝輔導老師說。她似乎有點猶豫，不過看在我們是優等生的分上，還是點點頭。

「本來是不能讓參觀者單獨待在這裡的，這是特例唷。旻秀成績非常好，她的志願若是你們高中的話，也一定能考上的。」輔導老師說完，拍了一下朱旻秀的肩膀，「不要聊太久喔，快要上課了。」

「知道，老師。」朱旻秀乖乖點頭，等輔導老師離開後，她才開口，「姊姊，妳怎麼會來？來找靜羽嗎？她在樓下……」接著，她瞧見我身旁的歐立穎，頓時露出曖昧的表情，「男朋友嗎？好帥唷！」

正在喝飲料的歐立穎差點噴出來，而我搖搖頭，「不是啦，旻秀，我們今天來是有件事情要問妳，妳不能告訴靜羽我們來過，可以嗎？」

「嗄，這樣我好爲難。是很嚴重的事情嗎？」朱旻秀皺眉。

「剛剛聽老師那樣說，妳也想考我們高中嗎？」歐立穎轉移話題。

「沒有呀，老師都是那樣建議啦，但是我想去讀女中。」

我和歐立穎互看一眼，「所以妳們這群都要去念女中？」

「對呀，沒有臭男生才能更認眞念書，我的姊姊們也都是女中畢業的。」朱旻秀驕傲地說。

「靜羽也要考女中嗎？」我問。

「對呀，我們本來都約好了，可是她……」朱旻秀聳肩，「她今天忽然說想改變志願，我是有點失望，不過那是靜羽的選擇，我也不能干涉什麼。但我覺得依照她的成績……啊，我不是在說靜羽笨，可是要考姊姊妳念的高中，靜羽必須很努力才行呢。」

「她有說原因嗎？」歐立穎問。

「她說，就跟我想去讀姊姊們讀的高中一樣，她也想去讀姊姊妳讀的高中。」我還來不及感動，朱旻秀便翻了個白眼，「我一聽就知道是在說謊，她以前明明一直說討厭升學至上的學校！可是她卻改變了主意，又不跟我們說眞正的理由，所以我們也覺得算了，不想問了。」

見我垮下臉，歐立穎噗哧一笑，「難道就不能眞的是想追隨姊姊的腳步？」

「哈哈哈不可能啦！我剛剛都說了！」朱旻秀大笑著擺手。

「她說因爲很崇拜我，所以想走我走過的路……」我有點受傷。

「居然還盜用我的說詞。我說因爲我很崇拜我的姊姊們，又很羨慕姊姊她們在學校參加的各種活動，才會想走姊姊走過的路，去念女中。」朱旻秀氣呼呼的，「姊姊，你們高中的程度眞的不低，妳一定也知道靜羽討厭念書吧？而且姊姊以前國中的成績就是前幾名，而靜羽一直以來成績都是中等，有時候還是中下耶，都已經國三了才忽然說要衝刺？太奇怪了吧！又不是什麼熱血漫畫主角。所以我想她一定是遇到了什麼事，不過她就是不講。」

「那依妳對夏靜羽的了解，她忽然改變志願，最有可能的原因是什麼呢？」歐立穎對朱旻秀說。或許是因爲他凝視著她的關係，朱旻秀的臉紅了起來。

「呃……我也不知……」

「妳想想看，覺得最有可能的，猜猜看？」歐立穎絲毫沒意識到自己的魅力，還壓低了嗓音，根本是在殘害純情的小女孩。

「我、我……」朱旻秀的臉更紅了。我看不下去，插到了他們之間，朝朱旻秀微笑。

「妳不要緊張，給我們一個猜測就好。大概是我不夠了解靜羽，我完全不曉得她爲什麼忽然想來讀我念的高中。」

「姊姊這麼想知道原因是爲什麼？妳不希望靜羽和妳讀同一所學校嗎？」

我一愣，「不是，只是等她考上，我也已經畢業了，幫不了她什麼。而且就如妳所說，靜羽的成績並不足以考上我們高中，所以……」

「那姊姊要教靜羽呀。」朱旻秀嘟嘴，「我姊姊就會幫我補習。」

「……我會教她的，但我想了解原因。」

她來的話，會死。

我這樣告訴妳，妳會幫我勸她嗎？

「我眞的想不到，除非是姊姊的高中有什麼東西很吸引她吧。」

「吸引？」我重複這兩個字。

「嗯，也許是社團還是師資，或是有什麼特別的課程之類的。就是有某件事物吸引靜羽，而且靜羽是最近才發現。我想，這是最有可能讓她忽然改變志願的理由了。」說完，朱旻秀笑了一下。

「這滿有可能。」歐立穎也同意。

「嗯，我明白了，謝謝妳，旻秀。記得別告訴靜羽我來過，畢竟妳也不想讓靜羽知道，妳跟我說她不可能會因爲崇拜我而來念我的高中，對吧。」

朱旻秀倒抽一口氣，「姊姊，妳威脅我！我絕對不會說的啦！」

歐立穎聞言也傻眼，接著大笑出聲。

和朱旻秀道別，我們趁著輔導老師在處理其他學生的事情時，偷偷離開了補習班。

在公車上，我和歐立穎討論著學校裡有什麼設施或課程可能吸引夏靜羽，然而實在想不出來，於是歐立穎在筆記本上寫下「吸引」兩字，並圈起來打了個問號。

我們安靜了一會，他將筆記本翻到下一頁，上面寫著爸爸發生意外的日期，以及死亡日期，然後他又慢慢地在一旁寫下「蔡老師」三個字。

我深吸一口氣。

蔡菁諭老師和爸爸是高中同學，他們在我高一時的家長會上重逢了，卻沒告訴過我。然後，透過鄧老師的說法，我得知他們高中時或許有同學以上的情誼，也可能是重逢後才開始發展感情，總之，爸爸確實從我高一之後就時常加班，假日也偶爾會出差，並且和媽媽的互動越來越少。

在夏靜羽自殺前，爸媽的感情就已經很差了，他們時常吵架、冷戰。在夏靜羽離開後，他們短暫相互扶持了一陣子，之後感情卻又迅速降溫，雖然不再吵架，但取而代之的是冷暴力。

在我二十三歲那年的十一月十一日，爸爸於深夜返家時，在某個路口發生車禍，成爲了植物人，而那個路口並不在他的公司附近。

如果說，他那天不是去工作，而是去幫蔡菁諭老師過生日呢？

「我畢業後才聽說蔡老師有了男友，可是當我詢問蔡老師詳情時，她都避而不談。而我這次回來，才發現老師時常問我『是不是家裡怎麼了？』這個問題。」我不禁咬著指甲，「我腦中那狗血的劇情可能是事實嗎？」

「我們一起去查證就好。」歐立穎輕握我的手腕，將我的手往下拉。

「要怎麼查證？問蔡老師是不是跟我爸搞外遇？她會承認嗎？而且如果是眞的怎麼辦？我媽媽原本知道嗎？她是知道了才不放棄治療我爸嗎？爲了懲罰他？我爸躺在病床上的那些日子，蔡老師一次也沒來看過他，爲什麼？不是很愛嗎？」我激動地說著，淚水在眼眶裡打轉。

「妳先冷靜一點，深呼吸。」歐立穎把手放在我的肩膀上，「再吐氣。」

我聽他的話慢慢吸氣、吐氣，用手背擦掉自己的眼淚，要自己冷靜下來。

「一切會改變的。」

「已經來不及了，我都高三了，他們眞的有什麼的話，早就開始了！」我握緊的拳頭微微發顫，「我爸爸背叛了我們，背叛了我們的家，我還要救他嗎？」

「妳不想救他嗎？」

「我不要……」我再度哽咽，眼淚失控落下，「我怎麼可能……不要……」就算他是壞人、就算他不愛我們了，他還是我的爸爸啊！

歐立穎拍拍我的頭，「所以我們還來得及扭轉，假如是眞的，即便他和老師已經開始了，我們也還來得及讓他跟老師結束關係。」

我哭個不停，「那我媽媽難道就這樣一直被蒙在鼓裡？」

歐立穎疼惜地凝視著我，忽然握住我的手，「那就是他們大人的事情了。」

「可是……」

「想想妳的初衷，妳回到這一年，回到妳的過去，最大的目的是什麼？」

「我、我要……我要夏靜羽活著……我要爸爸活著……我要媽媽、媽媽延後疾病的發作……」

「對，本來就不可能事事完美，我們最大的目標是讓他們活著，不是嗎？」

我淚眼模糊地看著歐立穎。

他明明才十七歲，明明還不完全相信我來自未來，明明知道我不能回報他的感情，可是他卻總是無條件地爲我設想，如此溫暖，提點我、拯救我。

「好。」我又一次擦掉眼淚。夏蔚沄，妳要振作一點，妳是大人了，還一直被十七歲的歐立穎鼓勵，太丟臉了。

只要他們活著就好，其他的事不是我需要擔心的。

若是太貪心的話，有可能什麼都改變不了。

「謝謝你，歐立穎。」我吸吸鼻子。

「不用說謝謝。」歐立穎扯了下嘴角，「畢竟未來的我離開了妳。」

「我想……或許我也有責任。」我望向窗外，歐立穎鬆開了握住我的手。

我們停止交談，而我也冷靜下來。公車先抵達了我家，歐立穎幫我按了下車鈴，我以為他會說要陪我回家，但他只是說了句路上小心。

或許，他也明白了，我的答案。

✦

黃韶瑾將一個包裝精美的禮物放在講桌上，並向大家報告買了哪種香味的護手霜、花了多少錢。

「雖然距離老師的生日還有一陣子，不過我們那時候也要期中考了，要不要就先送給老師呢？」

「贊成。」班上的同學們大多同意。

「既然如此，我們要不要也以老師生日為理由，順便辦個班聚？」施宇銜提議。

「贊成！不然考試好多，好累喔！」

「正大光明地休息！」王伊眞舉雙手贊成。

「那如果約這禮拜六的話，可以參加的人舉手。」黃韶瑾很有效率地開始調查。

我有點訝異，在原本的時間線，我們就只有提早送禮物給蔡菁諭老師而已。

難道只因為換了禮物，就多了個班聚？

歐立穎看過來，用嘴型問：「妳要參加嗎？」

我很氣蔡菁諭老師。

氣她破壞我的家庭，氣她每天見到我卻什麼都不說，氣她在爸爸發生意外後一次也沒來。

彷彿氣她，就能令我悲慘的命運找到一個可以歸咎的對象。

可是我明白，那不是她的錯，至少不全是她的錯。

在我的記憶中，蔡老師一直都是溫柔又為我著想的好老師，我只要記得這一點就好。

所以我對歐立穎輕輕點了點頭，並舉起手，歐立穎鬆了一口氣，也跟著舉手。

越過歐立穎，我發現衛士然正盯著我看，神情古怪，他的手早已舉著。

「好，幾乎全班都會參加，要補習的同學可以晚點來，我今天會去訂餐廳，預算每個人三百塊以內。」黃韶瑾將一切都設想妥當，下午上課時就向蔡菁諭老師報告了班聚的事。

蔡老師表示很樂意出席，也感謝大家的用心，不過她還不知道我們有買禮物。

下課後，歐立穎對我說：「我們去邀請鄧淮之老師吧？」

「爲什麼？」

「妳不是說鄧老師提到，蔡老師以前在學校是女神嗎？所以鄧老師對她一定有某種程度的正面評價，我在想……」歐立穎尋找著適當的說法，「我在想，如果有新的對象，或許蔡老師要離開妳爸會更容易些。」

「想忘記舊愛，最好的方式就是展開新戀情對吧。」我聳肩，這個方法我不欣賞，但很多人都會這麼做，對某些人來說也確實有用。

歐立穎點頭，「鄧淮之老師也是很優秀的男人，我想他會是個好選擇。對了，鄧老師未來會繼續當老師嗎？」

「未來啊，手機的功能會變得很多，不只可以用來打電話，還能玩遊戲、拍影片。而鄧老師會拍影片講解文字之美，變成知識型YouTuber，還有百萬訂閱呢。」

在我的印象中，鄧淮之老師那時候仍是單身。

「意思是變成明星嗎？」歐立穎問。

「不是，是素人，只是大家都認識他。而且以鄧老師當時的年紀還能那麼紅，是一件很不容易的事。」

「好難理解的未來，我大概是個笨蛋吧。」歐立穎自嘲了一下，「那我去找鄧老師。」

「我跟你一起……」

「我去就好了，有女生在的話，老師應該會不太自在，也怕他覺得我們湊對的意圖太明顯。」

「這樣嗎？」我歪頭，不過也不再堅持。

歐立穎離開教室後，我坐在位子上拿出參考書惡補，這時衛士然過來了。

「妳成績都這麼好了，還這麼用功？」

我扯扯嘴角，指了一下參考書上的紅字，「最近退步了。」

「壓力嗎？」衛士然瞥了眼，也揚起嘴角，他笑起來眞是好看，「還是有其他原因？」

我聳聳肩，「人的記憶眞是不可思議，明明以爲已經忘記了，但原來只是想不起來而已。」

我以爲從前所學的一切都還給老師了，可是當我開始認眞讀書後，那些念過的歷史年代、國學知識，甚至是數學公式，卻彷彿一點就通地回到了我腦中。

「妳在說《神隱少女》的臺詞嗎？」衛士然又笑。

「對呀，《神隱少女》。」我也笑了，的確是《神隱少女》，只是我怕電影還沒上映，所以才沒講出口。

「我有事情想問妳。」

「嗯？」我看著他。

「妳說喜歡我是眞的，不是開玩笑，也不是在捉弄我？」

這記直球讓我始料未及，因爲衛士然的個性是拐彎抹角的類型，就連提分手的時候，他也是沒擔當地直接搞消失，只傳來一句「對不起」的簡訊，之後就避不見面，也不回應。

這個做法相當過分，衛士然明知道歐立穎的消失讓我很受傷，卻也用這樣的方式對待我。

還是男人就只會這樣？

「對，爲什麼你會認爲我是開玩笑？」我問。

他抓了抓鼻子，「因爲妳的態度不像。」

我已經不會因爲一點小事而臉紅心跳了，然而青少年對於「喜歡」的理解應該僅僅侷限於外在行爲。

「那你覺得誰的態度才像是喜歡？」我一頓，「黃韶瑾？」

他似乎對於我直接講出這個名字感到不可思議，正準備說些什麼時，歐立穎回來了。歐立穎帶著笑容看了過來，但一見到衛士然也在，他的笑頓時微微一僵。

「他。」衛士然簡短地答。

「他是我的好朋友，而我喜歡的是你。」我壓低聲音飛快說完，衛士然皺了下鼻子，看起來心情好多了。

「是嗎？」他微笑，在歐立穎回到座位的時候離開了。

「鄧老師說可以。」歐立穎只說了這句。

「你怎麼約的？」我想裝作沒事。

歐立穎深吸一口氣，「我說要幫蔡老師辦生日會，希望他也一起來。我們預算有限，所以只偷偷邀請最喜歡的老師參加。」

「你好會說話。」我讚揚，「不過要怎麼跟班上的大家講？」

「放心，我等一下會告訴大家。」

在下一節課的老師進教室前，歐立穎對大家說，他邀請了鄧淮之老師一起參與班聚，並直接坦承目的就是撮合鄧老師和蔡老師。

全班同學聽了這個想法後，紛紛鼓譟起來，顯然十分贊成，歐立穎立刻要大家安靜，「但是如果兩位老師知道我們這樣幫他們湊對，一定會很尷尬，所以我們要自然一點，大家理解嗎？」

「沒問題，你好細心喔！」王伊貞猛點頭。

比起我們兩個人自己想辦法撮合，全班一起來或許成功的機率更高，雖然也可能讓狀況更糟，不過無論如何，從現在開始，事情的發展已經和原本的時間線不一樣了。

這天晚上，又發生了一件意料之外的事。

夏靜羽來到我的房間，向我詢問王伊貞的電話。

「妳要她的電話做什麼？」正在解數學自修題目的我停下筆。

「我想請伊貞姊教我功課。」

我有預感夏靜羽是想問課業這方面的事，但是我以爲她會找我，而我會拒絕，這樣她的成績就沒辦法有明顯進步，也考不上我念的高中了。如今她卻說要找王伊眞，所幸對我而言這仍是一件好事，因爲王伊眞成績雖然不差，不過她並不擅長指導人。

「好呀，我給妳……」就在我這麼說的時候，夏靜羽忽然皺眉。

「可是，伊眞姊假日是不是都會去約會？我這樣會不會打擾她？」

這倒是眞的。

「我也沒辦法教妳喔，我最近成績退步了，要加緊腳步跟上才行。」我說，想讓夏靜羽打退堂鼓。

「我知道，我本來就不打算找姊姊幫忙。」夏靜羽咬著下唇，顯得很爲難的樣子，歪頭後轉了轉眼珠子，「還是姊姊有哪位朋友可以教我？」

「黃韶瑾？我和她不熟。」我搖頭。

「不是她，是那個……歐……歐什麼的。」夏靜羽說了老半天說不出歐立穎的名字，我本想拒絕，接著又靈光一閃。這樣不是更好嗎？

要是由歐立穎來教的話，我就能要求他亂教一通，那夏靜羽就更考不上我們學校了！

「好啊，歐立穎成績很好，可以讓他教妳。」

聽我這麼說，夏靜羽笑開了臉，「那妳給我他的電話，我自己聯繫？」

「我跟他講就好了。」我還得先跟他串通好。

「那……到時候再告訴我怎麼樣。」夏靜羽頓了頓，「姊姊，妳和衛士然在交往了嗎？」

「沒有，妳這麼好奇做什麼？」我瞇眼。

「就只是問問，想說都高三了還談戀愛，姊姊也是挺大膽的。」

我擺擺手，要她擔心自己就好。

等她離開後，我立刻傳簡訊給歐立穎，告訴他這件事。過了一會，歐立穎回訊：「可以，什麼時候開始？」

「禮拜天吧，明天告訴你詳情。」我回覆，心想這眞是天賜良機。

稍晚，我和夏靜羽說歐立穎答應了，順便向媽媽邀功，表示我身爲姊姊還是有幫助妹妹。

來到餐桌邊，我發現這頓晚餐只有我們三個人。

「最近的菜色都好健康喔。」夏靜羽拐著彎抱怨。

「妳姊姊最近不知道是怎樣，都要干涉我做什麼菜。」媽媽也相當無奈，而我只是聳肩。

預防勝於治療，雖不確定效果能有多少，吃些有幫助的食物總是好的。

「爸爸加班嗎？」我問。

「嗯，最近變得更忙了，薪水也沒比較多，眞是的。」媽媽笑著搖頭。

媽媽知情嗎？

如果知情，她是什麼時候得知的？

爲什麼我從來沒注意到呢？

我不免再次自責，不只夏靜羽的痛苦，就連爸爸和媽媽的異狀，我也完全沒發現。

是不是一直以來，我都活在自己的世界？

只關心自己。

✦

我覺得自己可能是天才。

回到過去不過一個多月的時間，我已經幾乎要追上當年的念書進度了，可惜記憶力還是不夠好，大考的題目都忘了，不過至少記得學測的作文題目。

如果眞的能待到學測那天，起碼在作文方面我肯定沒有問題。

「所以妳要我教妳妹功課，但是要亂教一通？」在人聲鼎沸的披薩店內，歐立穎向我確認，而我從沒來過吃到飽式的披薩店，對此感到非常新奇，正貪心地想把盤子裝滿食材，「妳裝這麼多，小心等下吃不完。」

「沒關係，大家可以幫我吃。」我不斷把餐點夾進盤子裡，堆得滿滿的之後，小心翼翼端回座位，歐立穎則只拿了一杯可樂。

嗯，算了，反正現在還年輕，怎麼吃都不會胖。

「反正就是別讓她考上就對了。」我點著頭，一邊啃著烤雞翅。

「這對我來說有點難。」

「爲什麼？哪裡難了？」

「因爲我不知道怎麼亂教，對我來說答案就只有一個，要怎麼教成另一個答案？」歐立穎非常爲難，這種臭屁的言論換成別人來說絕對是欠打，但我明白歐立穎是眞的在煩惱。

「這方面王伊眞倒是天賦異秉。」我瞥向一邊和施宇銜卿卿我我、一邊拿著食物的王伊眞。

「那怎麼不請她教？」

「原本是要找她，可是施宇銜也會跟來吧？況且隨著越來越接近考試，他們的約會時間已經夠少了，還是不要打擾別人比較好。」我努努嘴，拿起第二根雞翅。

「好吧，我試試看，雖然我總覺得會失敗。」歐立穎搖頭。

「欸，我們要不要去跟老師們敬飲料？」王伊眞端著飲料回來桌邊。

「好主意。」歐立穎拿著飲料起身。

「等一下，我沒倒飲料。」我匆匆忙忙地再次跑到自助吧那裡取了杯子，卻瞧見黃韶瑾和衛士然在旁邊的冰淇淋櫃前。

「我挖不太起來……」黃韶瑾柔聲說。

「妳要吃哪個口味？」衛士然拿起挖勺。

「香草的好了，不過也想吃草莓口味。我不用太多，幫我挖一半就好，可以嗎？」黃韶瑾的聲音很輕，並不是裝可愛也不是撒嬌，就是十分女孩子氣的那種溫柔語調。

衛士然彎腰幫黃韶瑾挖了冰淇淋，而我也裝了飲料，就在此時，他們轉過身。看見我的瞬間，衛士然微微張嘴，而我下意識地一笑，趕緊要跟上王伊眞他們去和老師們敬飲料。

「你們覺得兩位老師之間有譜嗎？」一回到他們身邊，我就聽見王伊眞正八卦地和其他人討論。

「鄧老師可能有，蔡老師就不好說了，不過應該也不排斥。」施宇銜搖晃著杯子，一副戀愛大師的樣子。

「妳回來啦，那我們過去吧。」歐立穎沒發表意見。

我們四個人來到兩位老師的桌邊，看著蔡菁諭老師的臉，我心情有點複雜，但仍是決定暫時別妄下定論，盡量平常心看待她。

「老師，我們來敬飲料了！」施宇銜率先開口，原本相談甚歡的他們放下手上的叉子，也拿起飲料。

「謝謝你們，我好久沒有吃披薩了。」蔡老師笑得燦爛，還聞了一下手上的味道，「這護手霜也謝謝你們，我好感動，我最喜歡白茶的味道了。」

「你們眞是太有心了，還花錢送這麼好的禮物，學姊肯定想不到這群學生會這樣吧。」鄧老師也稱讚我們。

「學姊？」王伊眞和施宇銜異口同聲，「你們以前是同學？」

「我們以前讀同一所高中。」蔡老師不著痕跡地瞥了我一眼，然後飛快地舉起杯子，輪流跟我們四個乾杯，「眞的很謝謝你們爲了我的生日如此費心，身爲老師還眞不好意思。」

我和歐立穎心有靈犀地對視一眼，蔡老師剛才明顯轉移了話題，大概是擔心鄧老師會不小心說出我爸爸是她的同學。

刻意避開，就是有問題。

我艱難地扯了下嘴角，「祝蔡老師生日快樂。」

「謝謝妳，蔚沄。」蔡老師輕輕與我碰杯。

隨著杯子碰撞的細微震動，我的心也跟著顫抖。

「妳還好嗎？」回到座位，歐立穎等王伊眞和施宇銜又去裝食物後，才小聲地問我。

「其實還好……那天我就哭完了。」被比自己實際年齡小十多歲的歐立穎安慰，感覺還眞是奇怪。

我不禁心想，要是在原本的時間線，二十幾歲的歐立穎沒離開的話，他會不會也能有一套安慰我的辦法？那樣我會不會好過一些？

「如果妳想哭還是可以哭的，又沒規定只能哭一次。」

「我已經是大人了。」我搖頭。

「大人也可以哭泣啊。」

我內心一暖，「可是哭沒有用，因爲不能解決問題。」

「啊……是大人的那套『有時間哭不如快點解決問題』嗎？」歐立穎說這句話

時特別壓低了嗓音，模仿大人說話的語氣，我忍不住笑了幾聲。

「我是說眞的，如果妳還是很難過，我都會聽妳說的。」歐立穎嚴肅地表示。我眞的很好奇，這樣無條件支持我的他，爲什麼最後會離開我？

我原以爲他是因爲感情無法得到回報，所以才選擇消失，可是現在想想，十七歲的歐立穎都沒這麼幼稚了，二十幾歲的歐立穎會這樣嗎？

「謝謝你。」我誠摯地說，「我會告訴你的。」

「夏蔚沄，妳要裝食物嗎？」忽然，衛士然來到我的桌邊，他的語氣帶著急迫和倉促，似乎還有點緊張。

「欸？」我瞧了一下自己的盤子，雖然還有不少東西沒吃，不過感覺衛士然有話對我說，於是我用眼神示意歐立穎這盤就交給他了，然後對衛士然點頭，「好，我們去裝吧。」

歐立穎聳聳肩，拉過我的盤子吃了起來。

我和衛士然走到甜點區，他看起來欲言又止，我不禁主動問：「怎麼了嗎？」

「妳還好嗎？」他和剛才的歐立穎一樣，提出了這個疑問，可是衛士然並不知道蔡菁諭老師的事，怎麼會這麼問？

「什麼？」我反問。

「妳、妳在生氣嗎？」

「生氣？」他沒頭沒尾地說什麼？

「就是剛才，我幫黃韶瑾裝冰淇淋的事。」

剛才……哦，那個呀。

「不會啊，爲什麼要生氣？」我笑了起來。那不是小事而已嗎？

「沒不高興？」衛士然又問。

「沒有。」我夾起一小塊起司蛋糕放到盤子上。

「是嗎。」他的神情有點奇怪。

「提拉米蘇很好吃喔。」我隨口說。

「我不喜歡提拉米蘇。」衛士然淡淡表示，「那我先回去座位了。」

他怎麼好像很悶的樣子？

而且他最好不喜歡吃提拉米蘇，我記得他以前還約我去過提拉米蘇吃到飽的蛋糕店。

怎麼回事，他在不高興什麼？

我端著蛋糕盤子返回座位，王伊眞和施宇衒也回來了。王伊眞一副不爽的表情，施宇衒則無辜地眨眼，像在乞求原諒。

「怎麼了？」我坐下來，歐立穎一臉無奈。

「你們評評理，剛才施宇銜居然幫莊美美夾菜！」王伊眞氣得眼睛噴火。

「夾個菜而已。」我下意識回應。

「我也這麼說。」歐立穎兩手一攤。

「什麼叫做夾個菜而已？爲什麼要幫別的女生夾菜？她沒手嗎？」王伊眞大喊，音量大到彷彿巴不得莊美美本人聽見，但店內的音樂聲和聊天聲都太大，大概只有我們周邊幾桌的人聽到了王伊眞在喊什麼。

「剛才王伊眞就這樣爆炸過了。」歐立穎再次攤手。

「我就只是順手夾一下，原諒我啦。」施宇銜雙手合十搓著手，不斷道歉，簡直快哭了，還對我們兩個猛眨眼要我們幫忙求情。

「欸……好啦，那又沒差，施宇銜以後不要再犯就好了，難道妳想要施宇銜當個冷血男人？」

「對啊，要是有女生在我夾菜時要我順便幫忙，那我也會幫她夾啊。」歐立穎跟著說。

「哇，你眞好心。」我忍不住這樣回。

「妳看！」這次換王伊眞攤手了。

「不是，這和妳跟施宇衙不一樣。」我急忙否認。

「不管啦！反正我就是不爽，只能幫我夾菜、只能幫我端菜、只能幫我挖冰淇淋！」王伊眞又嚷嚷。

「妳需要的是服務生。」歐立穎聳肩，我不禁大笑。

不過這瞬間，我想起了剛才衛士然的反應。所以他是希望我吃醋？

我怎麼會爲了那種事情吃醋，不過就是挖冰淇淋……但是王伊眞的反應這麼大，難道要這樣才是正常的？

我的內心有種不安，不會的，我又不是十幾歲的少女了，不會爲了這種無聊的事情吃醋生氣……

看向一旁的歐立穎，我莫名想像起他幫別的女生挖冰淇淋。

等等，這是什麼感覺？

不，不會的，不會發生的。

我不要胡思亂想，只要專注在衛士然身上就好。

第六章

我告訴夏靜羽，歐立穎確定禮拜天能教她功課，而我會跟他們一起去圖書館，這樣我也可以自習。

隔天一大早，我和夏靜羽準時出門，卻沒料到會在一樓遇見衛士然。

他似乎是專程來找我，卻因爲時間太早了而不敢按電鈴，正在我家樓下來回踱步。

「你怎麼不打手機？」

「我忘記帶了。」他聳肩，露出靦腆的表情。

我很訝異會見到他，不自在地瞥了一旁的夏靜羽。

「哇，姊姊好好喔，男朋友來找。」夏靜羽調侃，「那我自己去念書就好，不打擾你們。」說完，她小碎步跳著離開了。

衛士然都特地來了，我不可能丟下他走掉，我想歐立穎會好好依照我的指示做的。

「怎麼會忽然過來？」我好奇地問。

閃爍。

「我有件事情想確認，這是最後一次確認了。」衛士然顯得很緊張，目光有些

「怎麼了嗎？」我不自覺地跟著緊張起來。

「我在想，妳是不是不是眞的喜歡我？」衛士然問。

「這個問題我回答過很多遍了，爲什麼你還是不相信呢？」

「因爲妳的態度眞的不像。一開始我以爲妳是大冒險輸了，所以沒放在心上，可是妳那麼認眞，讓我不知不覺也認眞了。我想在我更認眞以前，跟妳做最後的確認，妳眞的喜歡我？妳和歐立穎沒有關係？」衛士然認眞地注視我，眼神和大二的他向我告白時一樣。我頓時心動了，想起了那段我們曾經都很快樂的時光。

「我和歐立穎只是朋友，而我是眞的喜歡你。」所以我也認眞回應。

「那爲什麼妳不會吃醋？」

「你是說挖冰淇淋嗎？我不會吃那種小醋，那又沒什麼。」但說著這番話的時候，我是心虛的。

「妳的確跟一般女生不一樣。」衛士然忽然靠過來，「太過獨立自主，也不無理取鬧。」

「我就當作是讚美了。」

「那我現在可以回答妳了。」

我心臟一緊。這個瞬間，我居然想退縮。

「你確定？」

「嗯。」衛士然又走近一步，「我們，試著交往看看吧。」

我逃開了。

對，我逃開了。

不知為何，當衛士然說出我夢寐以求的那句話時，我的第一個反應居然是轉身逃跑。

我都忘記自己可以跑得這麼快了，可是我也忘記衛士然跑得更快。他用不到幾秒的時間就追上我，抓住我的手腕把我往一旁的牆壁推去，一手伸直擋在我的左耳邊，這還是我這輩子第一次親身體會壁咚。

「為什麼要逃？」衛士然不能理解，泛紅的臉龐不曉得是由於跑步，還是由於氣惱。

「因為、因為我不知道該……」我躲避他的視線。

「這是什麼反應？不是妳先說喜歡我的嗎？」

「是沒錯……」

在我的記憶中，衛士然是優柔寡斷的草食男，難道是年輕氣盛的關係，才會這麼強勢？

「還是妳有不能跟我交往的理由？」衛士然漂亮的雙眼瞇起，「歐立穎？」

「不要一直提歐立穎，和他無關。」一聽到歐立穎的名字，就彷彿有根針扎在我的喉嚨上。

衛士然打量我一會，終於退了一步。

「我明白了，我會等妳的回答。」衛士然用有些淩厲的眼神看我，「妳不要先來招惹我，最後卻又耍我。」

「我、我不會。」

他對我扯出一個難看的微笑，轉身離開。

說實話，我眞的嚇到了，我沒料到他會這麼做。

然而更令我感到害怕的是，爲什麼我沒馬上答應？這不就是我要的嗎？

但是，對我而言，目前最要緊的事情是扭轉夏靜羽的高中志願，再來就是查證蔡菁諭老師和爸爸的關係，而這一切都需要歐立穎幫忙。我沒辦法在一邊和衛士然交往的情況下，一邊隱瞞衛士然眞相，又和歐立穎長時間獨處。

這樣要說我們只是朋友，誰都不會信。

比起我的愛情，夏靜羽和爸爸的事更重要。

對，就是這樣沒錯，所以我才沒有馬上答應。

衛士然，你要等我，等我解決了這些事情後，等我讓未來變得光明的時候，這樣你待在我身邊才不會跟原先一樣痛苦，你才不會離開我……

忽然，我雙腳發軟，蹲著哭了起來。

潛意識之中，我明白自己是爲了什麼掉淚，可理智上並不想承認。

即便已經是三十幾歲的大人了，許多時候仍是無法面對現實。

等到擦乾眼淚，平復了心情，並確認雙眼沒有浮腫後，我才前往圖書館。

照理說，在圖書館內是必須安靜不能說話的，不過我們家附近的圖書館設有自修室。

歐立穎和夏靜羽應該就在自修室裡念書，我想夏靜羽一定會告訴他衛士然來找我的事，歐立穎會怎麼想呢？

我懷著忐忑不安的心情打開自修室的門，裡頭學生不少，雖然有人在交談，但音量不大。他們兩個坐在角落的四人桌，背對著門，因此並沒有發現我。

「我、我來了。」我小聲地說，而歐立穎抬起頭。他的表情有點複雜，夏靜羽則很訝異我會出現。

「我以爲姊姊不會來了。」

「怎麼會，不是說好了要來一起念書嗎？」我一邊說一邊偷瞄歐立穎，他盯著自修，手上的筆卻沒有在動。

「姊姊去約會也沒關係啊，在這邊念書多無聊。」夏靜羽笑著，而我亂不自在的。

「好了啦，我們快點念書吧。」我趕緊走到對面的座位並放下托特包，又試探性地看了一眼對面的歐立穎。

他仍是低著頭沉思，他在不高興嗎？

可是他憑什麼不高興？爲什麼要不高興？

「你們念到哪裡了？」我乾笑著問。

「立穎哥眞的好會教喔，他講的我都一聽就懂，要是學校老師都像立穎哥一樣的話，那我早就是第一名了。」夏靜羽笑靨如花。

立穎哥？怎麼會叫他立穎哥？

這還眞是……好笑，又可笑。

最重要的是，歐立穎忘記了答應我的事嗎？

結果他最後還是忍不住認眞教了？

「歐立穎？」我喊了他的名字，歐立穎這才回過神似的看了我。

「靜羽一點就通，妳們家果然基因優秀。」

他在說什麼呀，怎麼怪怪的？

不知爲何，我總有點心虛，所以在這段念書的期間，我幾乎都是安靜地聽著他們的對話，一邊心不在焉地寫著自修。

結束對我而言意義不明的念書行程後，夏靜羽提議去吃個東西放鬆一下，我和歐立穎都同意了。來到附近的速食店，才剛坐下，夏靜羽便不斷追問方才衛士然來找我做什麼。

「也沒幹麼，就說話。」我含糊地回應，夏靜羽卻不肯善罷干休。平時她並不是這種打破砂鍋問到底的類型，這令我煩躁不已。

而歐立穎也出奇的安靜，害我覺得十分不習慣。

「我還想加點一些東西。」我這麼說後，趕緊拿起包包離開座位。

「姊！我們已經點很多了耶！」夏靜羽在後頭喊，但我只想逃離這尷尬的氛圍。

爲什麼一切都不順利？

不，應該是順利的，明明是順利的，可是爲什麼我的心情會這麼亂？

「請問要點什麼呢？」店員親切詢問。

「呃，我再多點個……」其實我根本不知道要點什麼。

「一杯美式咖啡。」歐立穎忽然出現在我身邊，嚇了我一跳。

「你喝咖啡？」高中生喝什麼咖啡？

「因爲太早起床了。」他打了哈欠。

光是這樣的對話，就讓我的心情好多了。

「你眞的認眞教靜羽念書了？」

「一開始是有打算亂教啦，後來不知不覺就認眞了。」歐立穎聳肩。

「是喔……還是要亂教才行啦，不然她如果考上了……」

「關於這個，我有些話想告訴妳。」歐立穎望著前方，頓了頓後又說，「或是等我再確認好了。」

「怎麼回事？你發現什麼了嗎？」

「再給我幾天時間，我觀察一下。」歐立穎接過店員給的咖啡，轉身就要往樓梯的方向走，卻突然停下腳步。

「歐立穎，什麼事情你先說給我……」我差點撞上他，而後順著他的視線方向往前方看去。

蔡菁諭老師穿著純白洋裝站在一樓的玻璃窗外，她朝一輛白色的車子揮揮手，並走了過去，接著上車後離開。

「你有看到裡面的人嗎？」我顫抖起來，抓住了歐立穎的衣角。

「我沒看到，妳呢？」

我也搖頭，「可是……我爸爸的車也是白色的，同款的。」

「那款車是菜市場車，滿街都是，妳別想太多。」

歐立穎這話是出於安慰，但有點沒禮貌的說法令我忍不住笑了一聲。

「我已經做好心理準備了。」我深吸一口氣，「別讓靜羽知道。」

「嗯。」歐立穎拍拍我的肩膀，伸出大拇指在我的左嘴角邊往上輕抬，提醒我要露出笑容。

返回樓上，只見夏靜羽一個人默默吃著薯條盯著樓梯這裡看，一見到我們，她似乎鬆了一口氣，「結果姊只點了咖啡？」

「這是我要喝的。」歐立穎打開杯蓋，喝了一口後皺眉。

「我也想喝喝看。」夏靜羽躍躍欲試。

「妳才國中耶。」我阻止。

「又沒關係，可以嗎？立穎哥？」夏靜羽故意用力眨眼。

「還是聽妳姊的話吧。」歐立穎禮貌地微笑，然後把咖啡遞給我，「妳要喝嗎？」

在原本的時間線，三十幾歲的我時常喝咖啡，畢竟有時間睡覺不如拿來賺錢，因此我喝了一口，覺得懷念無比。

「哼，不公平。」夏靜羽嘟嘴。

「長大了再喝，妳有一天會長大的。」我由衷地說，夏靜羽只對我吐了吐舌頭。

✦

在速食店門前道別時，夏靜羽主動和歐立穎約定下禮拜三晚上也要接受課業指導。

「妳對念書這麼有興趣？那不是唯一不用補習的日子嗎？」

「我怕會跟不上呀。」夏靜羽推了我一下，又看了歐立穎，「可以嗎？立穎哥。」

「嗯，好啊。」歐立穎答應得乾脆。

我對他眨眼，表示我也要同行，歐立穎卻忽略了我的暗示，對我們說了再見就轉身離開。

我只好在公車上傳訊息再告訴他一次。

「禮拜三放學後我們一起去圖書館，以免你一個不小心又認眞教學。」

但歐立穎反常地回：「這次我自己去就好。」

我以為歐立穎在損我今天因為衛士然而遲到，於是又告訴他這次我一定準時，結果歐立穎很快回覆：「我有事情要確認，我自己去就好。」

到底要確認什麼？

歐立穎都把話說得這麼明白了，我也只能接受，內心卻有點不悅。究竟有什麼要確認的事情不能先跟我討論，讓我們一起確認？

「怎麼臉色臭得像大便？」夏靜羽在一旁調侃，而我拿出鑰匙開了大門。

「沒事。」

她看起來倒是很開心，笑容滿面，「我們回來了。」

「回來啦？差不多可以吃飯嘍。」媽媽擦著手從廚房探出頭。

「啊，有點飽。」夏靜羽揉著肚子，我也打了個嗝。

了。

「妳們吃了東西？」媽媽皺眉，我和夏靜羽連忙說沒有，洗洗手就坐到餐桌前

「爸爸人呢？」我隨口一問。

「爸爸今天又出差了，不過他會回來吃晚餐，應該快到家了。」媽媽搖頭，「最近也太忙了。」

「那爸爸有加薪嗎？」夏靜羽轉轉眼珠子。

「沒有，公司都這樣。」媽媽兩手一攤。

我咬著唇，想起下午看見蔡菁諭老師的事。不久，爸爸回家和我們一起吃晚餐，而我的內心浮現一個想法。

「爸爸今天去哪出差？」我開口問，爸爸的動作細微地停頓了下。

「這麼難得，還會關心我的工作。」他笑著夾了塊魚放進我的碗中，「在市中心而已，陪客戶吃了午餐。」

「和客戶吃飯根本沒辦法好好吃吧。」媽媽同情地說。

「我覺得要員工週末工作的公司都是血汗公司！」夏靜羽嘟嘴。

「是呀，爸爸或許可以考慮換個不需要這樣加班的工作。」我笑著附和。

「這也沒辦法啊。」

爸爸的應對再正常不過，可是聽在我耳中卻疑點重重。

吃完飯後，我趁著爸爸去洗澡，躡手躡腳地跑進他房間翻他的公事包，找到了車鑰匙，然後藉口跟媽媽說要去趟書局，便趕緊溜出門。

我必須在爸爸洗完澡、發現車鑰匙不見前回家。沒問題的，我還記得以前家裡租的車位在哪裡。

一路跑到位於另一條小巷旁的露天停車場，我喘著氣按下遙控器，「嘟嘟」一聲，中控鎖開啟。我打開車門，準備上去尋找蛛絲馬跡，確認有沒有遺落的耳環或是頭髮。

然而一探頭進去，我不需要上車也能確定下午那臺車就是爸爸的了，蔡菁諭老師和爸爸之間眞的有著不可告人的關係。

我雙膝一軟，跪在駕駛座的車門外嚎啕大哭起來。

車內充滿了淡淡的白茶香氣，這味道並不常見。當巧合發生了太多次，就不能再說是巧合了。

我的爸爸和我的老師，他們在一起了。

我從沒想過回到過去會發現這不堪的事實，但就如同歐立穎所說，我最大的目的是希望他們活著。

假設，爸爸發生意外的那天也是裝作要出差，事實上是去幫蔡老師過生日的話，那要阻止爸爸的死亡，就只有兩個方法。

讓他們分手。

或讓爸媽離婚。

唯有如此，爸爸才不會在那個時間點出現在那個路口，這樣就不會發生意外，也不會成為植物人躺了六年。

理智上，我當然認為他該和蔡老師分手，好讓我們可以維持完整的家庭，然而感性上，我並不想在媽媽什麼都不知情的狀況下，維護這幸福的假象。

兩相權衡，最後我還是選擇了促成爸爸和蔡老師分手，但是我該怎麼做？直接攤牌？還是從中作梗？或試圖讓爸爸以為蔡老師有其他對象？

我只能選其中一種辦法，而且要一次就做到完美，否則萬一落得爸媽離婚的下場，或者更慘，媽媽得知了實情卻想繼續這段婚姻，那麼都將對媽媽造成嚴重的打擊，恐怕會加速她的疾病發作。

因此，最好的情況就是我自己解決掉這件事，不讓媽媽和夏靜羽知道。

沒問題的，我很堅強，在爸爸和夏靜羽都離開了以後，我也一個人照顧著媽媽，相較之下，這些都是小事。

隔天，我跟歐立穎說了這個發現，並將自己的打算告訴他。歐立穎認眞聽著，一邊不時皺起眉頭，似乎在擔心我的狀態。

「我沒事，你不要這樣看我。」

「如果有什麼要幫忙的……」

「你已經正在幫我的忙了。」我認眞地說。

「我還可以做得更多。」歐立穎握著拳頭，卻似乎有些鬱鬱寡歡。

「你做得夠多了。」我頓了頓，「歐立穎，第一次的時候你不在，不過這一次你在，對我而言這樣就很足夠了。」

「但……」歐立穎看起來一副自責的樣子。

「歐立穎，你好像有點怪怪的。」這下子換我皺眉了。

「哪裡？」

「就是似乎悶悶的，不太開心？」我明白自己是沒事找事，要是他提到了衛士然呢？

可是我很在意，況且關心朋友不爲過吧。

「我這禮拜會跟妳說，我……」歐立穎欲言又止，這種模樣眞不像他。

總之聽他的，我就耐心地等吧。

「你們小倆口在這做什麼呀？」鄧淮之老師忽然從後方探出頭來，我們兩個都嚇了一跳。

「老師，你要嚇死我們嗎。」我拍著胸口。

「哈哈，抱歉抱歉。」鄧老師拿著保溫杯坐到我們前方的椅子上，「我以爲空中花園開放以後，會有很多人來，沒想到人沒有想像中的多，現在倒變成情侶約會的地點了。」

「我們不是在約會。」我趕緊搖頭否認。

「是啊，鄧老師，我們在討論重要的事情。」歐立穎附和。

「喔喔？有什麼重要的事情，也跟我分享看看呀。」鄧老師好像心情很好。

「老師遇到了什麼好事嗎？」我問。

「看得出來呀？」鄧老師笑咪咪地說，根本沒有隱瞞的意思，「我們班的學生拿到了縣市美術比賽第一名喔。」

老師的快樂還眞是容易呢。

「我還以爲是老師談戀愛了呢。」歐立穎反應很快地轉移話題，「例如跟蔡菁論老師之類的。」

「哎呀，你們這群小蘿蔔頭，這麼愛管大人的事。」鄧老師喝了一口水，搖搖頭，「蔡老師在我心裡是永遠的蔡學姊和女神，在我的青春記憶之中，能和女神匹配的也就只有……」忽然，鄧老師閉上嘴，看了我一眼。

「夏學長對吧？」我立刻接話，不忘面帶微笑，「爸爸有告訴我啦。」

「喔喔！夏學長跟妳說過了啊，那就好，我還一直很擔心自己說錯話。」鄧老師如此輕易就被我套話，這麼好騙實在不適合保守祕密。

「對呀，聽說以前班上同學都把他們當成一對。」我順著說下去，企圖引導鄧老師說出更多事。

「我自己認爲他們一定有交往過啦，就是那種典型的乖乖女與不良男的劇情，當時蔡學姊還在訓導主任面前大聲袒護過夏學長，超級熱血的，眞羨慕他們曾經有過這樣的青春。」鄧老師雖然沒將眞實情況說得很清楚，但至少能確定，學生時期的爸爸和蔡老師確實交情匪淺。

「我猜鄧老師當年一定也喜歡蔡學姊吧？到了現在變成蔡老師後，也是還有憧憬的吧？」歐立穎不放棄他的湊對計畫。

「是呀，畢竟夏學長已經是過去式了，他的孩子都這麼大了。」我指了一下自己，「所以鄧老師，你要加油喔！」

「你們不要開老師玩笑了，快點回去上課。」鄧老師趕著我們，此時鐘聲響起，我和歐立穎跟鄧老師說了再見，朝走廊的方向去。

「妳剛才表現得很好。」歐立穎給了我鼓勵，讓我呼吸不至於那麼難受。

「謝謝。對了，空中花園之前是爲什麼關閉？」時間經過太久，我早已忘記了。

「好像是有個學長發生意外吧。」歐立穎也不清楚。

當我們從空中花園出來時，正好遇到了從樓梯上來的衛士然，他看見我們先是一愣，又瞄了眼後方的空中花園，接著只頷首了一下就離去。

「鄧老師也在裡面……」我用只有歐立穎聽得見的音量試圖解釋。

歐立穎拍了下我的肩膀，然後快步越過衛士然走向前方教室，把空間留給了我跟衛士然。

「那個，我們不是單獨。」我來到衛士然身邊。

「我很在意他。」衛士然明確地告訴我。

「我也很在意黃韶瑾。」

「她？她又不是問題。」衛士然不明白，不過對於我的「在意」，他似乎很高興。

她是個問題，因爲她是你以後的結婚對象。

難道是因爲我心裡一直橫著這道坎，才會始終無法坦然接受衛士然？

「如果是因爲黃韶瑾的關係，妳才不接受我，那妳眞的想太多了。」衛士然說，「但歐立穎絕對是個問題，妳自己也知道。」

我沒有回話。

衛士然嘆了一口氣，「我不想等太久，關於妳的答覆。」

「嗯。」

他瞥了我一眼，然後就逕自往前走，率先回到教室。

我告訴自己，再等一下吧，至少等爸爸的事情解決了，我再回答衛士然。

反正我們早晚都會在一起，而且這一次肯定可以在一起很久，所以再等一下下吧。

我還想再當歐立穎最好的朋友。

✦

禮拜三下課後，歐立穎告訴我他和夏靜羽約在速食店，卻千交代萬交代我別過去打擾他們。這段空出來的時間，我決定和王伊眞去吃個甜點，正巧今天施宇銜家裡也有事，必須提早回去，所以我們兩個女生難得有了獨處的時光。

「蔚沄，妳有想過未來的自己會過著怎樣的生活嗎？」王伊眞咬著吸管，提起了未來。

關於未來，我已經體驗過了，眞的不如想像中美好。

「那妳呢？」

「我呀，當然希望能跟施宇銜結婚啦，生個一男一女，幸福快樂。」王伊眞的美好憧憬，其實大部分都實現了，只是她忘了許下幸福快樂終老的願望。

「我只希望健康平安就好。」

「妳好無趣喔！什麼老人的願望。」

「以後妳會發現，這四個字才是最重要的。」我扯扯嘴角。

「有夠無聊的。」王伊眞嗤之以鼻，「未來一定會很有趣，我眞的好期待。」

我不自覺地鼻酸。我是否仍然該給王伊眞一個選擇的機會？

「妳要聽一個可能發生的未來嗎？」

「好呀，我聽。」王伊眞期待著。

「我夢見，未來會很悲慘，我過得不好，妳也過得不好。」我悠悠地說，「妳確實和施宇銜結婚了，你們過得非常幸福，就像所有童話故事的結局一樣，永遠幸福快樂地生活在一起這句話，簡直就是在說你們。你們生了一個孩子、買了一棟房子，一切都非常美滿，然而有一天，房子失火了，施宇銜和你們的孩子來不及逃生，結果留下來的妳承受不起這一切，發瘋了。」

王伊眞聽完，臉色一白，「這個夢好可怕，但不是說夢境會跟現實相反嗎？」

「這個夢很眞實，眞實到我幾乎以爲未來就是這樣。王伊眞，妳說過只要曾經幸福快樂，就算有一天人生會發生劇變也沒有關係，對吧？可是有時候，幸福在另一條路是可以更長久的。」我握住她的手，「妳可以選擇另一個沒有施宇銜的未來，這樣或許你們兩個都能得救，或是妳可以照我說的，咬牙買下更貴的房子然後被房貸壓垮，讓你們的感情因爲現實而消磨殆盡。」

「夏蔚沄，妳好可怕。」王伊眞皺起眉頭，有些抗拒。

「最好的選擇是，你們分手。」我忍痛說出這句話。

「妳怎麼知道那會是最好的選擇？」王伊眞眼眶泛淚，不能理解我的認眞，

「那只不過是一個夢。」

「是呀，只不過是一個夢。」我努力微笑，然後往後一退，鬆開了王伊眞的手。

我沒辦法像告訴歐立穎事實那樣，把一切都告訴王伊眞，一來，我不確定她是否會相信，二來，許多事情不需要讓太多人知道。

如果她是我的家人，我會用盡一切方式去扭轉她的命運，就像對夏靜羽和爸爸一樣。但她是我的朋友，我必須尊重她，因此我只能給她忠告，讓她選擇。

這瞬間，我有些理解了一個道理。

爲什麼父母永遠無法當孩子的朋友？

就如同我對待王伊眞和對待夏靜羽的方式不同一樣，我也沒辦法將王伊眞當成家人對待。

我已經盡力了。

「妳是夏蔚沄嗎？」王伊眞哭了起來，「我討厭這個夏蔚沄。」

我看著窗外，對面是速食店，從這裡可以看見歐立穎和夏靜羽就坐在窗邊。

我也討厭現在這個夏蔚沄。

注視著歐立穎的夏蔚沄。

第七章

我原本想等歐立穎和夏靜羽結束教學後，再假裝巧遇他們一起回家，可是媽媽打電話來問我有沒有要回去吃飯時，語氣聽起來有點無奈，原來爸爸也臨時不回家吃晚餐了。她煮了一桌的菜，卻沒人捧場，所以我只好對還在哭的王伊眞說得先回家。

「我要把這件事告訴施宇銜，我要說妳欺負我。」她抗議，我伸手捏了她的臉頰。

「隨便妳，反正我該講的都講了，妳自己決定。」

「好痛，好過分。」王伊眞甩開我的手，而我急忙拿起書包，離開甜點店。

打開家門時，看見媽媽一個人坐在客廳發呆，甚至對我進家門毫無反應，我頓時嚇了一跳，趕緊大喊：「媽媽？」

「啊，妳回來了呀，快點吃飯吧。」她從沙發上起身，我卻傻愣在原地。

「媽媽，妳剛才在發呆嗎？還是怎樣？爲什麼沒有反應？」我慌了。在發病的初期，媽媽就是和剛才一樣，發呆的頻率變高了。

「我只是在想事情，才不是發呆呢。」媽媽把湯放到瓦斯爐上加熱。

我將書包擺在餐椅上，小心地問：「想什麼事情？」

「妳爸他到底都去了哪裡呢？」媽媽凝視著我，很快又揚起笑容，「這麼辛苦地加班，我都想打電話給他老闆求情了。」

我心頭一凜，原來媽媽並非渾然不知，只是選擇不去深思。

「爸爸是很努力地在工作吧，爲了我們一家人。」我所能給的回應就只有這樣了，「我想爸爸很快就不會再加班了。」

媽媽看向我，「希望。」說完，她露出無奈的微笑。

在原本的時間線，未來我會有很多和媽媽單獨相處的日子，然而總是充滿壓力和責任，能像這樣輕鬆自在地談話，對我來說十分新鮮。

「媽媽，我問妳。」我咬著筷子，品嚐著這熟悉的菜色，「如果有一天我變成笨蛋了，妳會怎麼辦？」

「妳不要以爲成績好就不會是笨蛋，如果不懂社會規矩、不懂人情世故的話，也是一種笨蛋。」媽媽的諄諄教誨我也許久沒聽見了，我欣慰地笑了起來，結果媽媽皺起眉頭，「怎麼回事，被我念還笑得出來，眞不像妳。」

「我只是忽然覺得媽媽很偉大。」

「現在才知道啊？」媽媽不禁莞爾，「妳爸爸也很偉大，所有努力養育孩子的父母都很偉大。」

我扯了扯嘴角，「妳還沒回答，如果有一天我變成笨蛋了，我是說智商降低的那種，妳會怎麼辦？」

「還能怎麼辦，妳一樣是我女兒啊，我會照顧妳。」媽媽把菜夾到我的碗中。「不過呀，如果有一天我和爸爸失智了，或是生了重病昏迷，妳身爲姊姊要答應我，別讓我們成爲妳和妹妹的負擔。」媽媽嚴肅地叮嚀，「妳和妹妹一定要好好照顧彼此，當彼此的娘家，知道嗎？」

我終於忍不住淚水的潰堤，媽媽見狀慌張不已，連忙來到我身邊安慰我。她似乎以爲我是念書的壓力太大，才會這麼反常。

然而不是的，媽媽的回答我一點也不意外，但我卻曾因爲照顧她照顧到身心俱疲，而感到很痛苦。

我經常怨恨自己的無能，又痛恨認爲媽媽是個累贅的自己，當情況無法控制的時候，我只想逃離一切，可最後還是只能苟延殘喘地度過每一天，直到再也無法持續下去。

媽媽，對不起。

我在內心懺悔，爲了未來那個想要丟下一切的我向她道歉，爲了現在這個得隱瞞所有事情的我向她道歉。

吃完晚餐，我靜靜待在房間。

總覺得回到過去後，我老是在哭，是因爲變成了多愁善感的少女嗎？還是因爲體會過痛苦後，才能理解此刻的時光有多得來不易？

我拉拉自己的眼皮，再怎麼哭也不會浮腫，果然是充滿膠原蛋白的年紀。

過了一會，我聽見開門的聲音。我以爲是爸爸回來了，便趕緊跑出房間，沒想到是臭著臉的夏靜羽。

「妳回來了啊。」我向她打招呼，可是她盯著我看了好一會，便直接衝回自己的房間。

「靜羽怎麼了？」媽媽剛洗澡出來，就見到夏靜羽關門的瞬間。

「我不知道，她不是去讀書嗎？」我去拿手機想傳訊息給歐立穎，卻看到一封訊息躺在收件匣中。

「妳妹回去十五分鐘後，妳再出來到妳家巷口，我在這等。」

我哪有辦法等十五分鐘？反正夏靜羽人在房間，於是我立刻抓起外套，再次用要去書局這個理由跑出家門。

快步走在巷子裡，我遠遠望見歐立穎的身影佇立在巷口的路燈下。這傢伙早就在這了，還叫我十五分鐘後再出來。

「歐立穎！」我忍不住大喊，而他詫異地抬起頭。

「妳怎麼現在就跑出來？」他壓低聲音，示意我也放低音量。

他是怕誰聽到？夏靜羽？這完全不用擔心，夏靜羽房間的位置根本聽不到巷子內的動靜。而看見歐立穎站在那裡的時候，我整個晚上都沉甸甸的心頓時一鬆。

這一次，他都在。

我們買了飲料到公園去，雖然光線不充足，不過有歐立穎陪伴，我並不覺得恐怖。

他扭開瓶蓋許久，卻遲遲沒喝下第一口，我側頭看著他。這幾天歐立穎眞的很奇怪，「你到底怎麼了？」

他深吸一口氣，「我接下來要說的話，完全是我個人的猜測，但我認爲這樣一切就都說得通了。」他把飲料放到一旁，從書包中拿出筆記本，打開了寫有衛士然的那頁。

我一個緊張，以為歐立穎是要說感情方面的事，結果他卻開始確認時間軸：「妳說妳和衛士然是在大二的同學會上熱絡起來後，進而交往，而我也是在大二時和妳漸行漸遠，至於靜羽是在她高三時自殺。算起來，她自殺那時我們是二十一歲對吧。」

「對，怎麼了嗎？」我莫名的有些緊張。

「我好像發現她自殺的理由了。」

聞言，我的耳中彷彿嗡嗡作響，下意識地抓住他，「是什麼？」

歐立穎艱難地說出兩個字：「感情。」

「對象是誰？你怎麼知道的？她跟你說的？」感情當然曾在我考慮的範圍內，可是夏靜羽並沒有任何異性朋友，我也沒聽別人說過。

然而這瞬間，我想起朱旻秀所說的那句話。如果她會忽然改變志願，那肯定是我們高中有什麼吸引她的東西。

夏靜羽改變志願的那兩天，唯一的重大事件就是烤肉會，她第一次見到了歐立穎，而後出現一連串的怪異行為……

「你是要說，你就是那個對象？」我摀住嘴，而歐立穎點頭。

「怎麼可能？你喜歡上靜羽？還是未來你們會交往？但是你……」我一愣，歐立穎在我和衛士然交往後，確實也有了一個我始終不曉得是誰的神祕女友。

「烤肉那天，我就覺得妳妹過於熱情，不過因爲是第一次見面，我也不確定那是否就是她的個性。而禮拜日第一次教她功課那天，她一來就說妳的男朋友來找妳，接著不斷稱讚衛士然和妳很相配，又問我有沒有交往的對象。」歐立穎聳肩，「我一開始以爲她只是對感情方面比較好奇，可是她接連的暗示和碰觸，讓我不禁朝另一個方向想，所以我才要妳再給我時間確認，爲的就是讓我今天能和她單獨相處。」

「有發生什麼事情嗎？」夏靜羽臭著臉回來，對我的態度還相當不友善，難道是……

「她今天跟我告白，說想和我交往。」

歐立穎說，他的第一個反應是先回答「妳還是國中生呢」，夏靜羽則回應「那等我高中就可以嗎」。歐立穎認爲等到高中，夏靜羽對他大概也沒興趣了，所以本來正準備說「對」，卻在話臨要出口時，把一切都串連起來了。

「我現在要來進行假設，依照我現在的個性，在靜羽喜歡我的前提下，來推測妳所遭遇的未來。」歐立穎深吸一口氣，將筆記本翻到新的一頁，寫上「猜測的未來」。

歐立穎和我一起度過了三年的高中時光，奠定了穩固的友誼，無論大小事情我們都會與彼此分享，所以即便考上不同的大學，歐立穎對此也不以爲意。

他時常會來找我，我們週末也會一同出遊，他始終認爲有一天，他站在我身邊的身分會變得不一樣，就這樣等著等著，卻等來了衛士然的出現。

剎那間，他的世界崩塌了，這些年來，他以爲我心裡深處應該明白他的感情，卻直到這時才發現，因爲他一直把自己擺在朋友的定位，所以我也把他放在朋友的位置，不曾改變過。

這時候，與我長相有幾分神似的夏靜羽穿著我曾穿過的制服，向他告白，於是歐立穎便逃往了她的身邊。

這並不是因爲愛，他只是將夏靜羽當成我的替代品，所以他十分痛苦。他逐漸疏遠我，以爲這樣就能忘卻對我的感情，以爲這樣就能愛上夏靜羽，然而徒勞無功。

「……好，即便是這樣，也不能說明夏靜羽爲什麼自殺啊！」我激動地說。歐立穎的推論很可怕，也很荒唐，但該死的很合理。

「我認爲……我認爲如果那時候我已經二十歲了，靜羽也是快要滿十八歲的高中生……那我們之間會發生什麼事情，也許可以想像。對照妳之前提過的，在葬禮上出現的那個短髮女生的話，有沒有可能，靜羽她的肚子……」他話還沒說完，我便伸手想打他，可是又下不了手。

那既是歐立穎做的，卻也不是歐立穎做的。

從未來的夏靜羽對待我的態度，以及她把所有存在過的痕跡都抹去的情況來看，歐立穎的猜測極可能是正確的。

「靜羽的自殺沒有任何可疑之處，當初判定就是自殺，所以我爸媽並沒有要求解剖，無法得知她的肚子裡是不是眞的有……」我掉下眼淚，看著歐立穎，「如果她眞的懷了你的孩子，你認爲你會怎麼做？」

他難受地看著我，摀住自己的雙眼後低下頭，艱難地道出：「我已經傷害了她，不能再害她一輩子，所以一定會要她拿掉，然後劃清彼此的關係。」

這一次我忍不住用力打了歐立穎，一拳又一拳地往他的肩膀搥去，那力道讓我的手都發疼了，可歐立穎並未反抗，任由我發洩。

「你、你怎麼可以……」我語不成句。我又有什麼資格責怪歐立穎！

夏靜羽會遭遇不幸竟是因爲我，該成爲她的支柱的姊姊，卻成爲將她推下懸崖的兇手，所以她才什麼都不告訴我。

「對不起、對不起。」歐立穎抓住了我的手，哽咽地說。

「不是、不是任何人的錯，是我沒注意到她的掙扎……是我的問題……」我大哭起來，而歐立穎擁抱住我，很輕、很柔，幾乎只是稍稍攬著，卻分擔了我肩上的重量。

在他的懷裡，我逐漸冷靜。那些對我而言都是過去式了，且以現在來說也尚未發生，我不該如此歇斯底里。

「我們永遠也無法證實你的猜測是不是眞的。」我離開他的懷中。

「即便靜羽沒考上我們學校，那個短髮女生應該也還是會念我們高中，也許等到多年後，我們能透過畢業紀念冊得知她的名字，再看看能不能確認她發生過什麼事。」歐立穎不自覺依序按壓自己的每根手指，顯得十分不安，「我很希望自己猜測是錯的，但這樣才是最合理的解釋。如果是我，我會因爲痛苦而逃到愛我的人身邊，然後做出那種事情後，除了沒臉待在妳身邊，也只能和她分開。就如同我之前所說的，如果我離開了妳，那必定是做了對不起妳的事。」

「我對你的假設半信半疑，我不想全盤相信，也不希望是眞的。」

「我們可以讓它不要發生。」歐立穎深深吸氣，「所以，我今天拒絕夏靜羽了。既然我拒絕她了，那她大概就會改變志願，最重要的是不會再和我有所牽扯，這樣她就沒了自殺的理由。」歐立穎起身，「妳回去看看靜羽冷靜了沒。」

「歐立穎。」我叫住他，他的眼裡充滿歉意，而我抓住他的手，「我想，除了謝謝以外，我……」

「不用謝，完全不用。」他難受地垂下頭，「一想到我所猜測的那些事情有可能眞的發生，我就起了雞皮疙瘩。妳要相信我，我永遠不會傷害妳，也永遠不會離開妳。」

他並沒有告白，連喜歡兩個字都沒說出口。

可是他的感情如此眞切地傳達給了我，比喜歡、比愛還要更深刻。

然而我對衛士然呢？

我還要自欺欺人到什麼地步？

我還要給自己多少理由才能承認，我已經不愛衛士然了。

對衛士然的感情早在當初他傳給我的那句「對不起」後，就消失殆盡，只是我不想面對罷了。

不是他不好，我的遭遇也不是我的錯，就只是我們不適合。

愛情，眞的不是只要兩個人互相喜歡就沒問題。

也許我喜歡上的衛士然，從頭到尾就只存在於我的想像之中。

腦中的資訊量瞬間爆炸，我覺得歐立穎的推測很有道理，又有些荒唐。夏靜羽對歐立穎一見鍾情這件事，無論是過去的我還是現在的我都沒發現，甚至還要十七歲的歐立穎來告訴我。

這兩條時間線的差別，只在於高中時期的我和衛士然有無交集，也就是說，在原本的時間線，夏靜羽大概一直以爲我會和歐立穎在一起，才隱藏起自己的情感，直到我和衛士然交往了，她才向歐立穎表明心意。

那現在，她是認爲我和衛士然遲早會交往，所以便放手去追求歐立穎？

我從來不曉得自己的妹妹在感情這方面是如此主動。

當我回到家時，爸爸已經回來了，正在洗澡。夏靜羽獨自在客廳吹著頭髮，她沒看我一眼，只是靜靜地盯著電視。

「靜羽。」我走到她身邊，她顯然不想理我。沒關係，光是她還在這裡，光是她還活著，對我來說就已經很好了，就算她討厭我也沒關係。

「我沒有和衛士然交往，我曾經以爲自己喜歡他，但是我沒有。」我終於說出這句話。承認了以後，我的內心輕鬆了許多。

夏靜羽並未關掉吹風機，不過手上的動作稍稍減慢了速度。

「我原本也以爲，我和歐立穎會是永遠的好朋友，結果直到最近，我才發現他並不是那麼想，所以……」

「那妳是怎麼想的？」夏靜羽忽然開口。

「我不知道。」這是實話。

夏靜羽轉過頭來，凶狠地瞪著我，眼眶泛淚，「姊姊是壞女人嗎？一邊和男朋友在一起，一邊又對立穎哥欲擒故縱？」

「我沒有，我發誓我沒有，我真的……」

「妳又要說妳不知道？這不是玩弄別人感情的人才會說的話嗎？」夏靜羽依舊沒關掉吹風機，即使她情緒激動，也知道不能驚動爸媽，「姊姊怎麼能這樣？我這個國中生都看得出來立穎哥喜歡姊姊，姊姊一直在他身邊卻都沒發現？想騙誰？難道不是為了自己的方便嗎？」

「我從來沒有想過要利用歐立穎，我真的沒有，我只是……」我一愣。

「只是什麼？」夏靜羽漂亮的眼睛盈滿淚水。

我說不出口。我只是怎樣？

我難道真的不知道歐立穎的感情？我有這麼遲鈍？

我明明不算完全相信男女之間有純友誼，為什麼在與歐立穎的關係上，我卻能這麼篤定我們彼此只是友情？

難道不是因爲我明白歐立穎不會逼迫我，所以我也不需要去探究他對我特別照顧的背後意義？一味地用「他未來會有女友」這個理由來說服自己。

無論是在哪條時間線，我永遠都在傷害的人就是歐立穎，甚至還怪罪他的離開，並利用他對我的感情讓他幫助我。

我跟著掉下眼淚，哭得不能自已。看到我哭了，夏靜羽氣得打了我幾下，「作弊！姊姊怎麼能哭！失戀的是我耶！我還爲了立穎哥下定決心要去念同一間高中了，那麼難考上的高中，而且我多討厭念書！可是我卻這麼努力……姊姊怎麼可以這樣子！」

果眞是爲了歐立穎才改變志願的。

從烤肉會那天到現在，不過幾天而已，若這短短幾天都可以讓夏靜羽投入感情到這種地步，那在原本的時間線，夏靜羽暗戀了歐立穎整整三年，她肯定會甘願付出一切，只爲換得歐立穎的一個眼神。

這晚，我和夏靜羽在客廳哭了半天，最後由於吹風機實在吹了太久，爸媽還是出來查看了，這才發現我們姊妹倆哭個不停。他們頓時嚇壞了，趕緊一人一個帶我們回房間。

幸好，只要說是因爲考試的壓力太大，我們要怎麼崩潰都可以被接受。

隔天我起床時，夏靜羽居然已經出門了。我有點擔心她會不會做傻事，急得連制服都來不及換上，就匆匆忙忙出去。

我一路往夏靜羽的國中跑去，總算看見她坐在一家早餐店內發呆。我鬆了一口氣，緩緩走過去，夏靜羽直到我坐了下來才驚覺。

她嚇了一跳，上下打量我，我穿著拖鞋，頭髮凌亂，甚至只披了一件外套，裡頭還穿著睡衣就跑出來了。

「這邊也有和姊姊同校的學生會經過。」夏靜羽瞇眼，「姊姊不怕丟臉嗎？」

「我更怕妳不見。」

夏靜羽先是一愣，「爲什麼會不見？就因爲姊姊是讓我失戀的理由？我有這麼脆弱？」

任何人遇到愛情，都有可能變得脆弱，端看用情的深刻程度。

再晚個幾年，她就會脆弱不堪到枯萎，所以我擔心更年輕的她會不會無法承受。然而我錯了，此刻的夏靜羽就像雨後的新芽一樣，雖然有些搖搖晃晃，卻充滿朝氣。

「我只是擔心自己傷害了妳，我絕對沒……」

「我昨天說的話也太過分了，我也要道歉，是我不自量力，妄想能取代姊姊在立穎哥心中的地位。」夏靜羽吃了一口蛋餅，「烤肉那天我就看出來了，立穎哥很喜歡姊姊，但是姊姊只在乎那個衛士然，所以我才想，或許我能有機會，而且我還比姊姊年輕呢。」

她驕傲地挺胸，我忍不住一笑，「年輕咧，都不怕有代溝？」

「哼，我會長大，姊姊只會更老啊。」

聽她這麼說，我欣慰無比。對，妳會長大，妳會活過十八歲，有一天還會到二十歲、二十一歲……

「姊姊老也沒關係。」我伸手摸向她的臉，夏靜羽嫌噁心地躲開了。

「趁這個機會，我順便說了，我不想考你們高中了，太無聊。我要和旻秀她們去念女中，這樣比較開心。」

我無法形容自己聽到這句話時有多開心，夏靜羽的命運從這一刻被改變了。

歐立穎，謝謝你。

我曉得以歐立穎的個性，他發現這個驚人的事實後肯定會非常自責。

說實在的，回到過去之後，我得知了許多眞相，當我感覺快要撐不下去的時候，就會想起歐立穎那番話。我最重要的目標是什麼？

是大家都活著。

所以，即便那些不堪對我而言是真實發生過的，而有些事情目前也正在發生，不過我都有了改變的機會。

我已經比一般人幸運很多了，我擁有重新檢視一切的機會。

隔天一早，我和夏靜羽一起走到公車站後，逕自往對面的方向而去，於是她疑惑地問：「妳是要蹺課嗎？」

我搖頭，「我去找歐立穎。」

夏靜羽看起來還是對於失戀有點感傷，不過她已經能露出微笑，「姊姊，妳釐清自己的感情了嗎？」

「算是吧，只是我現在沒心思談戀愛。」

「吼，少來這套了，妳是要用高三必須專心準備考試這種藉口？」夏靜羽指著我的鼻子，「要是姊姊沒跟立穎哥在一起，那我很可能會再去追他喔，到時候我也是成熟的女人了，搞不好會色誘他。」

雖然夏靜羽是笑著這麼說，我卻起了雞皮疙瘩。她做得出來的。

「靜羽呀，妳要珍惜自己。」我摸摸她的臉頰，這下子換她起雞皮疙瘩了。

「我開玩笑的啦！我才不會吃回頭草呢。」她對我擺手，「去去去，我的公車來了，姊姊也快走吧。」

我想問她為什麼會喜歡歐立穎，但我想答案大概會是「沒有為什麼」吧。有時候喜歡一個人，真的能夠具體地說出原因嗎？

我轉身朝對面的公車站奔去，搭上那臺可以抵達歐立穎家的公車。

因為怕錯過，所以我打了電話給歐立穎，他很快接起來，聲音明顯帶著困惑：「妳怎麼會這麼早打給我？」

「你在哪邊？上公車了嗎？」我急忙問，按了下車鈴。

「我？我剛從我家出來，正要去公車站。」我聽見他關鐵門的聲音。

「好，我知道了！」說完，我掛掉電話，立刻下了公車往歐立穎家的方向跑。

我的心臟狂跳，覺得世界好像不一樣了，風拂過我的臉頰，我不停掉著眼淚，然而這麼多年以來，這是我第一次並非因為難過痛苦而流下淚水。

修長的身影、整齊的髮絲，眼神總是無比真摯，凡事都為我著想的歐立穎。

有他在的世界，一切都閃閃發亮。

他的好，是高中時期自私的我無法察覺到的。

當我歷經了一切，受盡了傷害，然後再次見到歐立穎時，他依舊是那個會無條件信任我、幫助我的他。

「歐立穎！」我大喊，走在前方的他轉過身，驚訝地張大嘴。

「妳怎麼……」

他話還來不及說完，我已經衝上前去，張開手抱住他。他往後踉蹌了好幾步，不過仍是努力穩住了我，他的手放到我的腰間，「好危險！」

「歐立穎，我來接你上學！」我緊緊攬住他，這是我們第一次擁抱，他的襯衫帶著充分晒過陽光的溫暖味道，而他的後頸有著淡淡的香味，似乎是沐浴乳的香氣。

「為、為什麼？」他慌張無比，似乎不確定該推開我還是回抱我。

「我怕你自責、怕你胡思亂想、怕你覺得對不起我而決定離開我。」我大聲地說，並將雙手放到他的肩膀上，定定凝視著他，讓他知道我的認真。

他雙頰通紅，漾開了笑容。

為什麼我從來沒被歐立穎給吸引呢？

可能年輕時的我歷練不夠，看過的人也不多，沒經歷過傷害，不懂什麼叫做真正的愛，才感受不到他的好。

歐立穎的光芒，或許就是得要此刻的我才能發覺。

「所以妳就來接我？」

「對，所以不要在未來離開我。」我的手還放在他的肩上，他的手也依然放在我的腰上，如此曖昧的舉動，對我們而言卻很自然。

「我不會，因爲我已經沒有對不起妳了。」在他說完後，我們相視而笑。

接下來，我得好好拒絕衛士然。

可惜事與願違，當我和歐立穎進到教室時，同學們無不看著我們竊竊私語，甚至瞇眼笑得詭異，那十足的八卦模樣讓我和歐立穎對視一眼。

而王伊眞表情很複雜，似乎既高興又有點尷尬，她偷偷向我豎起拇指，又指了一下角落。

我順著望過去，瞥見施宇衒正誇張地鼓掌，接著注意到衛士然正盯著我，那模樣絕對稱不上親切友善。

「你們昨天在公園做什麼呀？」

「有人看見你們哭著抱在一起。」

「怎麼回事啊？雖然我原本以爲你們是一對，但後來妳不是跟衛士然嗎？結果現在又？」

「夏蔚沄，妳要不要說清楚，這樣很尷尬耶。」

「爲什麼不好好讀書……啊，妳成績很好……」

議論的話語此起彼落，我沒料到會發生這樣的狀況。到了這個年紀，我已經不會在乎其他人起鬨，所以這對我而言不會是困擾。

可是對歐立穎呢？

我抬頭看他，見到的是他沒有絲毫畏懼的認眞側臉。

「你們不要亂猜。」歐立穎明顯有點生氣，「我們是在談很嚴肅的事。」

是啊，我們是在談很嚴肅的事，和生死別離有關，大概是因爲這樣，歐立穎才不高興。

「什麼嚴肅的事情要哭？」

「對呀，還哭得抱在一起，太奇怪了吧。」

「好騙喔。」

然而你怎麼能要求高中生理解？

即便能得知我們談論的內容，一般人也不會相信，所以沒必要去解釋，也沒必要尋求他人的認同，這是我活到三十幾歲後，才終於明白的一件事。

「算了，歐立穎。」我低聲說。

「但是……」歐立穎仍是忿忿不平。

我堅定地搖頭，這樣的舉動又讓同學們炸開了鍋，興奮地嚷嚷著。高三生活十分苦悶，他人的八卦和戀情也是調劑身心的一個方式。

「他們還一起來上學。」

「哇，在高三時談戀愛，你們眞勇敢。」

「他們都是優等生啊，就算談了戀愛，成績也不會退步吧？」

「喔！要是退步的話，我們就賺到了。」

連幸災樂禍的言論都出現了。

「那衛士然怎麼辦？」

某個同學忽然說，大家的注意力頓時轉到了衛士然身上。他承受不了眾人憐憫的目光，惱羞成怒地踢了旁邊的椅子，令所有人嚇了一跳。

我彷彿看見了二十幾歲的他。

這瞬間，我明白了爲什麼回到過去後，我沒辦法再次愛上衛士然。

因爲二十幾歲的他和十幾歲的他一模一樣，一點都沒變，沒有長大。

三十幾歲的我，不會再愛上十幾歲的孩子了。

「妳要我等妳的答案，結果呢？」衛士然憤怒地質問，所有看熱鬧的人都愣住了，誰都想不到他會在大家面前忽然吼我。

在曾經發生過的未來，二十幾歲的衛士然也曾崩潰地摔著東西，告訴我他沒辦法承受這一切，沒辦法面對這些本不是他那個年紀該遭遇的磨難。

當年我痛苦自責，同時也埋怨，是他不夠愛我嗎？是我們的愛情不夠深刻嗎？或者是遭遇這些不幸的我的錯？我沒辦法像其他同齡的女生一樣，和他談普通的戀愛？

是我要求衛士然在與我的戀愛中迅速成長，要他承擔起不該由他承擔的責任。他沒有錯，我沒有錯，我們就是不適合。

「是我的錯，對不起。」我道歉，我也只能道歉。

有人倒抽一口氣，而一旁的黃韶瑾刷白了臉。她就是這樣的好女孩，即便在這種時候，她也不會落井下石。

「對不起？所以妳最一開始眞的是存心要我。」衛士然冷著聲音，轉身離開了教室。

我大概可以想像自己之後會被傳得多難聽，同儕間的評價，對高中生來說就是全世界。

可是對我來說，那些都不算什麼。

黃韶瑾追了出去，此刻我又明白了一件事。如果人與人的緣分是命中注定的安排，那會不會黃韶瑾和衛士然之間才是眞正的緣分？

無論經歷過什麼，最終他們兩人還是會在一起，只是時間早晚罷了。

突然，我想起在回到過去的那一天，看護說有個男人來找我，但並不是衛士然。難道……我抬起目光看向歐立穎。

如果說，必然的緣分無論斷了多久都會重新接起的話……

「歐立穎，假如你最後還是離開我了，有一天會回來嗎？」

「會。」他幾乎沒有猶豫。

我熱淚盈眶，或許一切悲痛的遭遇，都只是爲了能察覺他的好。

第八章

和衛士然不歡而散一事，傳得比我想像中還要快，雖然我原本就做好了被當成全校學生課餘飯後的八卦話題的心理準備。成年後，我最大的成長就是心靈變得……說得好聽點是堅強，說得直白點就是變得厚臉皮。

反正我很清楚，十年之後，我連這些人的名字和長相都不會記得。

只是我沒料到會被蔡菁諭老師叫到輔導室。

自從發現她和爸爸的關係後，我始終避免和她單獨相處，深怕自己會不小心說錯話，所以在輔導室裡，我緊張地捏著手指，不自覺地東張西望。

可是當蔡老師進來時，我的緊張感卻消失了。她一如往常溫柔地看著我淺笑，先是輕輕拍了我的肩膀，然後才坐到我對面的椅子上。

「不要緊張，蔚沄，我只是想了解一下是什麼狀況。」她輕柔地說。

「老師，就只是……一些誤會。」我的話聽起來很沒說服力。

「我沒有要評斷這件事，只是衛士然似乎說了重話，我想確認妳的狀況還好嗎？」

蔡菁諭老師對我總是相當溫柔，也非常關心我，我曾經把這樣的她當作良師益友，然而得知眞相後我才明白，她那特別的關心或許是因爲我是爸爸的孩子。

她想從我這邊得到什麼？了解什麼？打探什麼？

不，我不該把她想得這麼糟，因爲在未來的幾年之中，她從來沒有出現過，沒有任何一絲她想要干涉我們家庭的跡象。

但她確實還是造成了影響。

「老師，有時候我們會搞不清楚自己喜歡上的人，是可以喜歡的，還是不能喜歡的。」我注視著她，「我只是有點茫然，在茫然的情況下，做了錯誤的決定，傷害了衛士然。不過現在已經解決了，雖然方式並不完美，結果也差強人意，但我已經不會搞錯了。」

「蔚沄，妳好像有點不同了。」蔡老師伸出手，想覆在我的手背上，可是我閃過了，她頓時僵住。

「老師，我做了一個夢。」原本我想至少等到畢業，或是再等一段時間，然而這個瞬間，我明白就是現在了。

現在就是最好的時機。

「我夢見很久以後，當我升上大二，會和衛士然相遇並交往，所以我才會想要現在就先和他交往。」說完後，我聳聳肩，「雖然這與事實不符。」

蔡老師笑了一下。

「然後，在我二十歲出頭時，我唯一的妹妹自殺了，我父母的感情從此變得更差。但是好像在我妹妹自殺以前，他們的感情就出了問題。」我定定看著蔡老師，她的臉色發白。

「妳妹妹不會有事的，那只是夢……」她更在意的似乎是我說妹妹自殺的部分，而不是父母之間的感情。

「而在我二十三歲那年的十一月十一日，我爸爸因為出差的關係，十一點多才準備回家，最後在路口被酒駕的人追撞，從此成為了植物人。」

她倒抽一口氣。

「我媽媽不願意放棄爸爸，在那漫長的六年之中，我們散盡家財、負債累累，最後爸爸在全身痙攣中痛苦死去。之後，我媽媽罹患了阿茲海默症。」

我主動伸手，覆在蔡老師冰冷的手背上，「我夢見一個這樣的未來。老師，爸爸被追撞的那條路，是從妳家回到我家的必經之路，而十一月十一日，是老師的生日。老師，妳和我爸爸高中時代的過往想必相當難以忘懷，可我並不想知道你們的遺憾有多美，美到值得讓我的未來變成那樣。」

「蔚……蔚沄，我……」她顫抖著，那是祕密被揭露時的不堪。她充滿愧疚，但流露出更多的是恐懼。

恐懼什麼？

恐懼自己的戀情就要迎來終點？還是恐懼我等等就會說出去，影響到她的教師生涯？

如果今天的我眞的是十八歲的高中生，或許會選擇玉石俱焚，會在導師辦公室或班上大喊，蔡菁諭老師是如何的不配爲人師表。然而此刻在三十四歲的我眼裡看來，蔡老師只不過是個爲情所困的普通女人。

我不能原諒，可是我能理解，因爲我的青春也有過遺憾，只是我比她幸運，有機會回到過去挽回自己的遺憾。

「老師，我……不打算做任何事情，我也不會因此討厭妳……但是……」看著哭泣的她，我也不禁哽咽，「妳能別讓我夢見的未來變成眞實嗎？」

「蔚沄……我眞的……眞的……」她摀住臉，卻說不出後面的話。

她肯定也是一團混亂，她肯定也曾度過無數個難以入眠的夜晚，肯定也痛苦掙扎過……肯定……

然而我和蔡菁諭老師之間，永遠沒辦法回到過去那彼此信任的師生關係了。我起身走出輔導室，用手腕擦乾了眼淚，決定要蹺掉這節課，並往空中花園的方向而去。

花園裡沒有任何人在，我環顧一圈，也沒瞧見那道在長椅上跳躍的身影。

我雙手覆在自己臉上，大哭了起來，卻壓抑著聲音。我告訴自己，這是最後一次了，這是我最後一次爲了這一切掉下眼淚。

蔡菁諭老師的生日在期中考期間，她依舊扮演著好老師的形象，卻總是閃避我的目光，我大概也是如此。

我想，她或許跟爸爸談過了，因爲那天之後，爸爸有好一陣子看起來都不是很開心，甚至和媽媽發生了好幾次衝突。

「難道爸媽他們現在也是國三或高三？」什麼都不知情的夏靜羽還有心情開玩笑，「或是更年期？」

我捏了她的臉頰，要她專心念書就好。

而我特別注意到，十一月十一日那天，爸爸準時回家了。

這代表什麼？

期中考結束後，我和歐立穎一起走出校門。對於這短短幾個月內所發生的一切，他感到相當驚奇。

「所以我們現在算是改變了所有想改變的未來了嗎？」

「應該是都改變了，大概吧。」我聳肩，沒辦法全然改變的，至少媽媽生病這件事我無能爲力。

「妳爸和蔡老師眞的斷乾淨了？」歐立穎低聲問，這時我看見走在前方的衛士然和黃韶瑾。

他們兩個有說有笑，而衛士然注意到我後，僅是瞥了一眼便加快腳步離去，黃韶瑾也回頭看來，她對我們禮貌地微微頷首，然後追著衛士然跑走。

「妳說黃韶瑾最後會和衛士然結婚，可是他們提早了這麼多年有了密切交集，那還會走到那一步嗎？」歐立穎望著他們的背影。

「等到未來就知道了。」我打起精神，「走吧，我請你吃東西。」

「哇，這麼好。」歐立穎點著頭，「但妳是該請我沒錯，我幫了妳很多忙。」

「我的悲劇你也有份，少得了便宜還賣乖。」我伸手打了他的頭。

能夠這樣輕鬆地互相開玩笑，令我由衷笑了起來。

「我能指定要吃什麼嗎？」

「都可以，如果我零用錢夠的話。」我抽出兩百塊。

「兩百塊很多了好嗎？」歐立穎翻了白眼。

「是嗎？在未來，這兩百很有可能連一餐都不夠喔。」我說。

「哇，通貨膨脹眞可怕，果然新臺幣是會越來越貶値的。」歐立穎搓著手臂。

「早知道眞的會回到過去，我就該背個樂透號碼。」我扼腕不已，說完，我們一同大笑。

歐立穎帶著我來到一家新開的豆花店，而我發現這是十年後一位難求的熱門店家，這讓歐立穎十分意外，「我覺得這家豆花很好吃，但沒什麼人知道，滿可惜的，本來還擔心它會撐不下去。」

「不不，十年後這家店禮拜天甚至會休息，否則客人太多了，他們忙不過來。」我搖搖手指。

「所以十年後妳也吃過？」我們進到店內，找了靠牆的位子坐下。

「沒有，是有一次在電視上看到的，當時這家店的老闆娘正和她的女兒一起接受訪問，透露準備開第二家分店，讓女兒去那邊管理。」當時我和媽媽還說著有一天要一起去吃，之後卻再也沒機會了。

「感覺很厲害呢。妳選好吃什麼了嗎？」歐立穎問，見我點點頭，他便朝櫃臺的方向招手。店員只有兩位，一位應該就是老闆娘的女兒，她正背對著我們收拾一旁的桌子，而老闆娘擦了擦手後跑過來。

「唉唷，明星高中的學生耶，我女兒以後也想去念你們高中，今天是期中考嗎？」老闆娘跟我們搭話，我們點點頭，「不麻煩的話，能不能稍微提點我女兒什麼？多少讓她增加機會，這樣豆花就請你們吃。」

「老闆娘都這樣說了，當然沒問題，只是我們不確定能幫上什麼忙。」畢竟最重要的還是考試成績。

「沒問題啦，羅曉築，妳過來這裡！」老闆娘吆喝，要我們多多擔待後，就回到櫃臺準備豆花，而剛才在清理桌面的女孩洗了個手走來。

當年我在電視上見過她女兒的長相，不過並沒有仔細看。可是此刻，我用力拍了下歐立穎的大腿。

「那個短髮女生！」我快速地說，歐立穎瞬間意會過來。

「有這麼巧？」歐立穎低聲說。

夏靜羽的高中同學，原來名字叫做羅曉築。她身上穿的是附近一所風評還不錯的女中制服，不用提點她什麼，我都能肯定她會考上。

這是我們的機會，可以試著了解她和夏靜羽有什麼相同的境遇，以確認在歐立穎的猜測之中，最讓人無法接受的那一點是否爲事實。

只是，她現在是國中生，或許還沒遭遇那件事，所以我們也問不出什麼。

更何況若真的墮胎過，怎麼可能會告訴兩個陌生人？

「我媽很希望我去考你們的高中，但其實我還好。」羅曉築站在我們桌邊，此時老闆娘正好端了兩碗豆花過來。

「說什麼呀，曜傑哥哥不是也念那所高中？妳不是一直很喜歡他，想和他走一樣的路？」老闆娘這麼輕易就爆料了，媽媽就是這樣，從不給孩子面子。

「媽！就說曜傑哥已經有女朋友了，而且他也拒絕我了！」羅曉築氣得紅了臉。

「妳才國中，還是個小孩子，妳要培養妳的內涵還有學識，這樣曜傑哥哥有一天就會忽然發現，哇，青梅竹馬的妹妹長大了，然後說不定就會喜歡上妳啦，電視劇不是都這樣演？」老闆娘灌足女兒迷湯，不過主要大概還是因爲我們高中確實是個好選擇。

「吼，媽妳走開啦！」羅曉築推著她媽媽離開，碰巧也有客人來了，老闆娘便去招呼。

羅曉築走回我們桌邊，嘟囔著說：「總之我沒有要考你們高中，就是這樣。」

「曜傑哥哥……」歐立穎思索著，「是劉曜傑嗎？」

羅曉築眼睛一亮，我也相當訝異，幾乎是和她異口同聲地問歐立穎，「你認識？」

「妳不認識？就是一年級那個榜首啊。」歐立穎很意外。

「我怎麼可能會記得？就算以前記得，現在也不記得。」我沒好氣地說。

「啊……也是。」歐立穎聳肩，「是那個劉曜傑沒錯吧？」

「對，就是曜傑哥，原來他是第一名呀，眞厲害……」提到他的名字時，羅曉築眼底閃爍著眷戀。

「妳是因爲喜歡他，想追尋他的腳步，才想來我們高中？」我接著問，如果是這樣的話，的確跟夏靜羽一樣，差別只在夏靜羽來到我們高中時，歐立穎已經畢業，而劉曜傑還在。

「曜傑哥已經拒絕我了，所以我才沒有……」

「被拒絕就放棄想去讀的高中，這樣太沒志氣了。」老闆娘一邊裝豆花，還一邊偷聽並回應，這就是媽媽的功力。

「不要爲了愛情改變自己的志向，無論妳想去或是不想去，都要相信自己只要努力就辦得到。」因爲我曉得她肯定可以考上。

「那個……我不確定妳知不知道，不過被他拒絕了或許是好事。」歐立穎欲言又止。

「你不要說曜傑哥的壞話，那些傳言都是女生們不甘心曜傑哥不喜歡她們了，所以才亂講的。」羅曉築瞬間變臉。

我看了歐立穎一眼，用嘴型問怎麼回事，歐立穎抓了抓頭，嘆氣說：「BAD BOY。」

聽到這個詞，我差點笑出來。也太復古！用二〇二〇年的說法來形容就是渣男。

「他玩弄很多女生？」我還是不記得學校裡有這號人物。

「王伊眞的八卦時間妳都沒在聽？啊……妳應該是不記得了。」歐立穎心領神會。

「那妳眞的要好好考慮，最重要的是保護自己，別輕易就……」

「你們不要說曜傑哥的壞話！他人很好！他說我是小孩子，所以不會跟我交往，我長大了他才會考慮！」羅曉築激動得不停揮舞雙手，「這不就是曜傑哥負責任的證明嗎！」

「呃，如果妳眞的這樣想的話……」歐立穎兩手一攤。

「哼，我會證明的，我會考上你們高中，證明曜傑哥不是會玩弄女生感情的男生！」羅曉築氣呼呼地說完就返回櫃臺，而老闆娘對我們搖搖頭，說了聲抱歉。

當我和歐立穎離開的時候，老闆娘還特地出來跟我們打招呼：「我女兒就是死心眼啦，我看曜傑那孩子本性不壞，但眞的比較不定心，可是如果要我女兒放棄，她會故意唱反調，所以我只能反其道而行。無論怎麼樣，她要是能念你們那所高中，對未來當然是比較好。」

「我們才不好意思，好像幫倒忙了。」我說。

「沒事，下次再來吃豆花吧！」老闆娘笑嘻嘻地說，隨後回店內去忙了。

「劉曜傑是怎樣的人？」等到走遠之後，我才詢問歐立穎。

「就長得帥成績也好，所以同時和很多女生交往嘍。」歐立穎說完，嘆了口氣，「羅曉築也是追著自己喜歡的人來到同一所高中，這和妳妹完全相同。」

「嗯，至於有沒有被搞大肚子，我們就無法證實了。」我過於直接的說法讓歐立穎咳了一聲，十分尷尬。

「你別動不動就尷尬啦。」我用力拍了拍他的肩膀，「反正又沒發生。」

「我也是第一次爲自己沒做的事情而罪惡感這麼深。」歐立穎拍著胸口。

忽然，我的手機響了起來，來電者是爸爸。我看了歐立穎一眼，接起電話。

「已經下課了吧？人在哪邊？」

「今天期中考，我和歐立穎剛吃完豆花。爸爸才是，不用上班嗎？」我有些緊張。

「我去接妳吧，晚上我們吃個飯。」

我用嘴型告訴歐立穎，爸爸找我吃飯，他也用氣音回答：「去呀，快去！」

「就我們兩個嗎？」我問。

「嗯。我們兩個。」

爸爸的語氣不太尋常，我想，他或許是要跟我坦白蔡菁諭老師的事。

在家裡和在學校，他們都裝作沒事的樣子，若是他們煞有介事地向我道歉，我反而會亂不自在。

「歐立穎，我現在莫名有個奇怪的預感。」

「什麼？關於妳爸爸的嗎？」他緊張了起來。

「不是，是關於我的。」

這裡的世界是眞實的嗎？

還是這是所謂的平行世界？

又或者其實我死掉了，這是我死前那瞬間的短暫夢境。

如果我眞的身處於二〇〇三年，那會再回到二〇二〇年嗎？

而若我又回到未來，會是回到過去已經被我改變後的未來，還是原本的未來？

「歐立穎，答應我，如果現在的我不見了，你會去尋找未來的我。」

「怎麼這樣說？好像要離開了一樣……妳覺得妳要回去了嗎？」歐立穎張大嘴。

「在原本的未來，我們是念不同大學的。」

「我會和妳選同一所大學。」他說。

「在原本的未來，你會離開我。」

「我不會離開妳！」

「在原本的未來，我會失去一切。」

「妳不會失去我！」

「在原本的未來，我的爸爸、媽媽、妹妹都離開我了，而我身邊沒有任何人可以幫我。」

「我會在，永遠在。」他抓住我的手，「夏蔚沄，無論原本的未來是怎樣，從現在開始，我就是妳的未來。」

我忍不住一笑，卻熱淚盈眶，「好噁心啊，歐立穎。」

歐立穎陪我等到爸爸抵達後才離開，依爸爸的個性，照理說會問歐立穎要不要一起吃飯，可是他沒有，我頓時更加肯定爸爸是要談蔡老師的事。

他們最後決定怎麼樣呢？

我不自覺地感到緊張，胃也有點痛，而且爸爸居然帶我去了牛排餐廳。這類型的高級餐廳，即使在成年之後，我也只和衛士然爲了慶祝生日而去過一次。

「這家的牛排很好吃，妳可以選菲力。」當服務生把餐巾紙蓋在我的腿上時，爸爸指著菜單向我介紹。

「爸爸來吃過嗎？」我瀏覽著菜單上的價位，和二〇二〇年比較相對便宜，但以現在這個年代而言就要價不菲了。

「嗯。」他輕描淡寫地答。

「跟媽媽嗎？」我看著爸爸，他的目光在菜單上游移，卻沒有專注在上頭。

「不是。」

我不會白目到再次追問，光是爸爸誠實回答到這樣的地步，對我來說便足夠了。

如果說，對於爸爸的一切，我只能許一個願望，那絕對會是這個。

就是他能活生生地坐在我面前，和我吃一頓飯，這樣就足夠了，這是我最眞實的願望。

所以無論他做了些什麼，我都不在意，我只要他活著。

我點了菲力牛排，爸爸點了紐約客，這頓飯我們雖然沒有無話不談，氣氛也並不沉重。最後，爸爸點了兩杯紅酒，服務生見我穿著高中制服，猶豫了下，我隨即拿出證件證明自己已經滿十八歲了。

我們舉起酒杯輕輕相碰，我輕啜了一口，覺得有點苦澀。成年後我也沒喝過幾次紅酒，那味道我老是不習慣，可是在今晚的此刻，爸爸把我當作大人看待了。

「蔚沄，對不起。」酒液下肚後，爸爸終於流露出了愧疚，酒精濃度並不到能讓人微醺，我們兩個的臉卻都微微發紅，因為我們都努力忍著眼淚。

我哽咽地開口：「對不起的意思是你要回家，還是要離開呢？」

爸爸的容顏依舊帥氣，卻仍敵不過歲月的磨耗，或許他在蔡老師那裡找回了青春的時光，然而縱使再懷念青春，也不可能永遠在青春中佇留。

可無論他選擇什麼，我都只要他活著就好。

「回家。」爸爸哽咽地說，顫抖地握拳。

我不清楚他對蔡老師的愛深刻到什麼地步，也不清楚他需要放棄什麼，才能回到我們身邊。

到了這個年紀，我已經明白許多關係要走得長遠並不一定是靠愛情，而爸爸目前的年紀遠比三十四歲的我還要大，他想的或許更深更遠。

「你曾經想過要離開我們嗎？」我想知道他的答案。

不過爸爸沒有回答。

即便美中不足，但人生無法事事完美。

我明白自己已經把所有問題都解決了，所以做好了隨時會回到二〇二〇年的心理準備。

只是有個問題我仍然好奇。

葉晨。

一開始，我認爲他可能是守護神，可是他穿著我們高中的制服。假如是從鬼變成了守護神，那生前也肯定是我們學校的學生。

因此，我想趁回去未來前查出葉晨的身分，畢竟我現在還是在校生，查起來比較容易。

我和歐立穎來到圖書館，他似乎整夜沒睡，眼皮腫了起來。

「你臉色也太難看了吧？怎麼回事啊。」我低聲問，和他走到了收藏畢業紀念冊的書櫃前。

「還不是妳昨天說得好像會消失一樣……」他哀怨地答。

「我只是怕會忽然回到未來。」我用手肘頂他，「不過就算我回到未來，原本的夏蔚沄也還會在啊。」

「那妳在這裡的這段時間，原本的夏蔚沄又去了哪裡？」歐立穎提出一個很哲學的問題，但天曉得。

「那不重要，我們先找畢業紀念冊就對了。」

歐立穎翻了白眼，「妳說葉子的葉，那ㄔㄣˊ呢？」

糟了，我不知道。

「別說妳不知道喔！」歐立穎和我真是心有靈犀。

「這名字應該不常見，反正看到兩個字的就留意一下吧。」我催促。

「最好是，大海撈針……」歐立穎抱怨歸抱怨，還是翻閱起來。

每堂下課我們都會衝過來翻畢業紀念冊，無奈要看完這麼多屆的紀念冊並不容易。中午午休時，我們又偷溜過來，眼看進度不到十分之一，我覺得頭好痛。

「為什麼這年代還沒全面電子化呢。」我忍不住抱怨。

「未來會那麼進步的話，我很期待喔。」歐立穎語氣輕鬆。

「唉唷，不要這樣啦……」一個撒嬌的女孩聲音傳來，小聲歸小聲，仍能聽得清晰，我和歐立穎互看一眼，開始找尋聲音來源。眞是屁孩情侶，居然在圖書館約會？

我們躡手躡腳走到最後一排書櫃，這裡是監視器的死角，也鮮少有人會過來。果不其然，一對情侶正在那裡彼此毛手毛腳，我看了實在很想報告老師。

即便看不慣他們的行爲，最後我還是決定轉過身，眼不見爲淨，不過歐立穎對我使了個眼色，指了指那個男生，「那就是劉曜傑。」

「眞假？」我又回頭看了一眼，雖然看不太清楚，但果然是個小帥哥，「那只希望羅曉築不要走上那樣的未來了。」

「是誰？」

我的話太多又說得太大聲，被他們聽見了，不過我覺得沒什麼好怕的，所以大方地從角落走出來，抬起下巴盯著他們，「這裡是圖書館，是提供學生看書的地方。」

劉曜傑本來想回嘴，但隨即認出了我們，「抱歉，沒注意到是高三的歐學長和夏學姊，打擾你們了。」他一副謙卑有禮的樣子，一旁的女生也趕緊站直。

這話說得眞曖昧，打擾什麼，是暗示我和歐立穎也在做奇怪的事？

「學長姊來念書嗎？是因爲中午也都來念書，成績才有辦法這麼好嗎？」那個學妹也搭腔了。哦，原來他們的打擾是這個意思，我眞是思想邪惡。

「我們來找資料，如果沒事就快回去午休吧。」歐立穎板著臉。必要時，他還是挺有學長的威嚴。

「好，那我們先離開了。」劉曜傑牽起了那個學妹的手，當他們準備離去時，我忍不住叫住他。

「欸，之後羅曉築如果進來這間高中，你若不是眞心的，就不要像這樣對她，知道嗎？」

聞言，劉曜傑停下腳步。

「夏學姊認識曉築？」他顯然很訝異。

「曉築是誰呀？」學妹嬌嗔。

「一面之緣，她可認眞誇獎你了，別讓她失望。」我擺擺手，表示不再多談，而歐立穎看著我搖頭。

「……學長、學姊再見。」劉曜傑明白問不出什麼，便轉身走了，走時卻沒再牽學妹的手。

「妳眞的就是忍不住對吧。」歐立穎繼續搖頭。

「因爲假如你所推測的是眞的，那夏靜羽避免了，羅曉築卻沒有，我想要讓她也……幸福。」或許是自不量力，我總歸要試試看。

這樣的心境轉變讓我也有點訝異，明明一開始我只在乎自己的事情。

歐立穎拿我沒辦法，只能嘆了口氣，然後摸摸我的頭。

「叫人家不要談戀愛，結果你們自己也在這樣喔。」一個聲音從後方的座位區傳來，可是那邊似乎沒人。我嚇得縮到歐立穎身邊，大白天的總不會見鬼吧！

一陣騷動響起，我這才注意到角落的一張椅子上有個人趴著，鄧淮之老師的頭髮微微凌亂，看來剛剛是在休息。

「老師，你嚇死我們了。」我鬆了一口氣。

「在這邊可以得知許多學生的小祕密。」鄧老師眨眨眼，指指我們兩個，「例如發現你們的戀情，從空中花園到圖書館，還不承認啊。」

「不是啦！老師，我們是在翻畢業紀念冊！」我趕緊否認，過於激烈的反應卻顯得此地無銀三百兩。

「翻畢業紀念冊做什麼？你們的紀念冊下個學期才會……」

「我們在找一位畢業的學長。」歐立穎回答，「老師在學校任教多久了？」

我靈光一閃。是呀，我怎麼從來沒想過要問老師？

「雖然沒有很久，不過只要不是太久以前的學生，我或許也問得到。你們要找誰？」鄧老師坐正身子。

歐立穎看向我，我則回答：「葉晨。」

「葉晨？早晨的晨嗎？」鄧淮之老師臉色一變。

「應該就是，老師知道這位學長嗎？」

尾聲

我睜開眼睛，眼前是白色的天花板，陽光從左側斜照進來，窗簾已經被拉開。一隻手伸過來，摟住了我，我嘴角勾起微笑，轉過身縮進他的懷裡，而他將我抱得更緊。

多少次醒來，我都擔心著是不是會回到那間套房，這儼然已經成爲我的陰影。然而這一天總算來臨了，我還在這裡，我終於放心下來。

「早安。」歐立穎輕聲說，並親吻我的額頭。

我以前曾認爲早晨的親吻很噁心，但那或許是沒遇到對的另一半。

「就是今天了。」我在他的胸膛輕蹭。

「要陪妳一起嗎？」

「不了，你先去找王伊眞他們，我晚點就過去。」我貪婪地再多抱了他一下，才起身前往浴室梳洗。

「我先載你爸媽去醫院，順便去車站接靜羽。」歐立穎待在床上回應。

我注視著鏡中的自己，今年我三十四歲了。

今天，就是原本我穿越的那一天。

我始終抱持著隨時會回到未來的心理準備，然而卻就這樣度過了每一天、每一年，來到了二〇二〇年。

等於再活了一次人生，而這次我所選擇的職業、科系甚至是大學，都和原先不一樣。

不只我的人生不同了，其他人的人生也改變了。

王伊眞和施宇銜在原本的時間線生了一個孩子，但最後家破人亡。

所幸這一次，他們好好地活著，王伊眞目前還懷著第二個孩子。

「我們在決定斡旋的時候，不約而同想起了妳高中時說過的那番話，忽然意識到我們選擇的建案名稱和妳當年講的一樣。不誇張，當下我們兩個都起了雞皮疙瘩，所以後來我們決定買中古屋，坪數也比較大。好在我們那麼決定了，妳能想像，當我們聽說本來打算買下的房子失火了的新聞有多害怕嗎？」

王伊眞曾這樣對我說，之後好長一段時間裡還稱呼我爲仙姑。

夏靜羽後來念了女校，大學考上了南部一所大學的設計系，畢業後也在南部就業。偶爾她會提到以前喜歡過歐立穎的事，然後捏著我的臉說：「眞羨慕姊姊。」

不過我想，現在的她不需要再羨慕我了，因爲她也遇到了珍惜她的對象，兩人正準備合開設計公司。

「我進來沖澡了喔。」脫去睡衣的歐立穎裸露著結實的上半身，故意從後面環抱住我。

「沒有時間啦，今天很忙。」我笑著掙脫他的擁抱，仍是被他吻了一下。

「我跟妳講個小祕密。直到幾年前，我才眞的完全相信當初的妳是穿越過來的。」他的臉埋在我的肩窩。

「爲什麼？那你還陪我做了那麼多努力。」我透過鏡子望著他。

「雖然對這麼科幻的事情存疑，但我又相信妳，更重要的是，我想陪妳一起做任何事。」這麼多年過去，歐立穎還是很噁心，「再加上妳高中時提過的一些未來都成眞了，想不相信也難。」

「我覺得明明不相信未來，卻猜中了未來的你比較厲害。」我執起他放在我腰間的手，落下一吻後，步出浴室。

幾年前，我們再次造訪了那家豆花店，見到了羅曉築和老闆娘，而令我們訝異的是，劉曜傑也在店內幫忙。

更令人訝異的還在後頭，一個穿著國小制服的女孩背著書包從店外走進來，喊了他們爸爸、媽媽。

從孩子的年齡來看，羅曉築確實是在高中時就懷胎了。

當時羅曉築注意到了站在店外的我們，我以爲她不會認出我們，畢竟都過了這麼多年，可是她卻指了一下孩子，又指了一下忙進忙出的劉曜傑，然後對我抬起下巴，好似正驕傲地宣布她的勝利，大概是想告訴我們，劉曜傑是個負責任的男人。

我和歐立穎對視一眼，由衷地一笑，這倒是意料之外的好消息。

手機的震動把我的思緒拉回來，化妝到一半的我拿起放在床頭櫃上的手機，發現是訂閱的 YouTube 頻道有新影片上傳。在這麼早的時間更新，想必是鄧淮之老師吧。

如同原本的時間線，他成爲了百萬 YouTuber，只是製作的影片類型不一樣了。

「兩位老師又更新影片了？」歐立穎沖完澡走了出來，見到我正在看影片。

「嗯。沒想到鄧老師談戀愛以後，所做的影片比原本還要有趣呢。」

影片中的兩人笑得開心，蔡菁諭老師和鄧淮之老師一同經營了旅遊頻道。由於他們學識淵博，即便是以旅遊爲主題，也不時會穿插各種知識，尤其蔡老師外表溫柔嫻靜卻精通數理，時常讓粉絲讚嘆。

大約七年前，我們參加了他們的婚禮。那時同學們還說出當年想撮合他們的祕密計畫，沒想到多年後眞的成眞了，不過鄧老師向我們坦言：「我有一點趁人之危，學姊當時好像失戀了，所以我就……」

當大家發出歡呼時，蔡老師有點緊張地看了我，我則對她淺淺一笑。

我原諒她了，並眞切地因爲她的幸福而開心。

婚禮上還有另一段插曲，就是衛士然和黃韶瑾。這麼多年過去，衛士然對我好像不生氣了，還與黃韶瑾帶著一歲的孩子和我們閒話家常。

我的內心非常平靜，看著他幸福的笑容，以及黃韶瑾賢淑的模樣，這就是最好的結局了。

至於媽媽究竟知不知道蔡老師和爸爸的關係，我想大概永遠不會有答案，至少他們現在過得很好，彼此之間有沒有愛、有沒有激情，或許也不重要了。

媽媽的年齡早就超過了她原本發病的年紀，但我知道症狀是一定會出現的，所以每年我都要求他們去做健康檢查。

終有一天，我們都要面對，幸好這一次大家都在。

「那晚點見。」歐立穎在駕駛座上對我說，我與他吻了一下後下車，來到我們的高中母校。

今天，是原本時間線的我第一次見到葉晨。

這十幾年來，我戰戰兢兢，總算來到了今天。度過今天，我的時間才算是眞正地往前了。

園遊會熱鬧非凡，我每一步都踏得無比謹慎，終於抵達了空中花園。

然後，我看見他了。

穿著高中制服的葉晨，正從一張長椅跳躍到另一張長椅上，他似乎心情不錯，正哼著歌。

我走進空中花園，而他停了下來，轉過頭看我。

「嗨，夏蔚沄。」相隔十幾年，他的聲音依舊和記憶中相同。

「你記得我……」我摀住嘴巴，淚水落下。

「看來，妳改變了過去呢。」他從長椅上跳下來，上下打量我，「這一次過得很幸福吧？」

「你記得一切嗎？記得你送我回到過去，記得我在過去遇見你，然後現在又在這裡……」

「是呀，我的記憶中有兩個妳喔，一個是變成大人的妳在這裡哭，一個是回到學生時期的妳問我是不是鬼，再來就是現在的妳。」他瞇眼笑著，「恭喜妳。」

「你知道我原本……在原本的時間線，來到這裡……是打算自殺的嗎？」

那一天，我是來這裡了結自己的生命的。

因爲我好痛苦、好難過，我已經撐不下去了，我努力太久了。

可是葉晨出現了，他給了我一個奇蹟，就是回到過去。

「我知道喔，妳當時看起來很糟呢，所以我才會搭話。」葉晨點著頭。

我大哭起來，「謝謝你，葉晨……謝謝你救了我……」接著，我想起鄧老師的話，頓時有些難受，「然而我卻沒辦法救你，要是我早個幾年回去，要是我跟你同年，我就可以……」

葉晨對我搖搖頭，他仍是那麼溫暖，眼神卻流露出無奈。

「這樣就很好了。」

我哭得不能自已，連擁抱他的能力都沒有。

我站起身，注視著他的身影逐漸模糊，「我是不是……又要看不到你了？」

「嗯，因爲妳獲得幸福了，幸福的人不會看到我。」他點頭，回身跳到了長椅上，「但我會一直在這裡。」

「你會在這裡多久？」我的視線已經能夠穿過他的身體，見到前方的景致，「你在等誰嗎？」

葉晨回首對我揮手一笑，消失在空中花園。

「希望你有天也能離開這裡。」我輕聲說，擦乾了眼淚。

然後轉身離開，回到了我這一次的人生中，繼續向前。

全文完

後記　當時光消磨了青春的悸動

我曾經在PTT看過一篇文章，發文者提到在學生時期，他放學時看見藍天或夕陽時，常常會有種心胸爲之開闊，或是對未來充滿期待、明天會更好的心情，彷彿一切都充滿希望。

然而出社會之後，他卻沒了那樣的感受，時常連天空都沒能好好欣賞，直到某天又看見了藍天，才忽然讓他再度湧現了這樣的心情，也意識到這許久不曾體悟的感動，在學生時代卻是稀鬆平常。

我當下完全懂他說的那種感覺，我也很久沒有體會過了。

以前我就經常在想，或許自己有天會連喜歡上一個人的悸動都不再出現，這聽在還是學生的你們耳中，可能會有點荒謬，但這一天是眞的可能到來的。不是失去了愛人的能力，而是那份青澀的悸動只存在於短暫的時光當中。

所以，在描寫夏蔚沄的時候，我不禁把一部分的自己代入了進去，可是假如眞的有一天讓我回到高中時期，我大概會發瘋吧，光是手機不能上網就要氣鼠了，還要處理高中時的人際關係，最痛苦的是還得再念一次書，是想逼死我嗎？

況且我的高中又不存在歐立穎，回去眞的是找罪受……喔，天啊，你們感受到了嗎？感受到我乾枯的靈魂了嗎哈哈哈哈哈。

萬一回到過去，我也只想買樂透好好中一波，然後買下很多間房子，這樣現在的我就是包租婆了。不過若眞是這樣，我大概會成爲一個小廢人，每天躺著不做事，也不會妄想症發作寫這麼多小說了。

因此，就如同我先前說過的，如果你喜歡現在的生活，哪怕只有一點點，那就不要想著要回到過去。

可惜這個故事的女主角夏蔚沄不同，她原本都已經打算放棄一切了，對她而言，唯一的救贖就是回到過去，改變自己的命運。

於是這系列的主題呼之欲出，除了月亮以外，就是回到過去。

至於第三集的主角，你們一定都知道會是誰了吧！

這系列的配角全都是使用之前在IG徵求得來的讀者姓名，但跟《回到月亮許諾的那天》不同的是，因爲這個故事中的角色們處境太慘了，而我自己本身有個小小的堅持，雖然讀者們都表示不介意被寫成壞人或是下場很慘，可是我認爲名字是有靈性的。

所以，在這個故事裡，即便我用了讀者的名字，也做了一點更動，可能是改掉姓，也可能是改掉名字的其中一字，如果你覺得「這個角色的名字好像我的名字啊」，那就是你的名字沒錯，只是我改過了哈哈。

然後還請大家不用再提供名字給我了，我只會使用當初徵求到的那些名字，而且除了這系列以外也不會再使用，感謝你們！

話說回來，大家還喜歡這個故事嗎？在描述二〇〇三年這個時空的時候，我一直覺得好懷念，因爲那大概就是我的高中時代（洩漏年紀了），所以情不自禁寫了許多OS，後來都刪掉了。

以前我問過別人一個問題，假如你能保有一切記憶並回到過去，你會選擇再和一樣的人談戀愛嗎？朋友們都說當然會，因爲已經知道分手的原因了，那就可以避開那個因素，兩人在一起長長久久。但我自己的答案是不會，爲什麼要跟同一個人談戀愛呢？

當時我被說太冷血，不過我總覺得是因爲我沒說清楚自己想表達的意思。

如今我有了更好的說法，當你回到過去再遇到相同的人時，他就是那十幾歲的模樣，還不夠成熟穩重，甚至可能幼稚易怒。那麼就和夏蔚沄一樣，你怎麼有辦法再次喜歡上衛士然呢？

曾經的戀人之所以令人難忘，不就是由於他只存在於記憶之中嗎？

而且也許你會發現，其實過去有個你不曾注意到的人，始終默默地在一旁守護你，就像歐立穎。

對的時間、對的人，有時候在什麼時機相遇真的非常重要。

人生中如果能遇到一個歐立穎就好了，怎麼辦，好喜歡他喔！

啊，我知道你們更喜歡葉晨啦，好啦好啦，不會讓你們等太久的。（大概）

那我們下次見啦！

Misa

國家圖書館出版品預行編目資料

聽月亮在你心裡唱歌 / Misa著. -- 初版. -- 臺北市；
城邦原創股份有限公司出版：英屬蓋曼群島商家庭
傳媒股份有限公司城邦分公司發行, 2021.01
　面；　公分

ISBN 978-986-99411-8-1（平裝）

863.57　　　　　　　　　　109022204

聽月亮在你心裡唱歌

作　　者／Misa
企畫選書／楊馥蔓
責任編輯／陳思涵

行銷業務／林政杰
總 編 輯／楊馥蔓
總 經 理／伍文翠
發 行 人／何飛鵬
法律顧問／元禾法律事務所　王子文律師
出　　版／城邦原創股份有限公司
台北市中山區民生東路二段 141 號 6 樓
電話：(02) 2509-5506　傳真：(02) 2500-1933
E-mail：service@popo.tw
發　　行／英屬蓋曼群島商家庭傳媒股份有限公司城邦分公司
聯絡地址：台北市中山區民生東路二段 141 號 6 樓
書虫客服服務專線：(02) 25007718．(02) 25007719
24小時傳眞服務：(02) 25001990．(02) 25001991
服務時間：週一至週五09:30-12:00．13:30-17:00
郵撥帳號：19863813　戶名：書虫股份有限公司
讀者服務信箱 email：service@readingclub.com.tw
城邦讀書花園網址：www.cite.com.tw
香港發行所／城邦（香港）出版集團有限公司
地址：香港灣仔駱克道 193 號東超商業中心 1 樓
Email：hkcite@biznetvigator.com
電話：(852)25086231　傳眞：(852) 25789337
馬新發行所／城邦（馬新）出版集團 Cité(M)Sdn. Bhd.
41, Jalan Radin Anum, Bandar Baru Sri Petaling,
57000 Kuala Lumpur, Malaysia.
電話：(603) 90563833　傳眞：(603) 90576622
Email：services@cite.my

封面設計／Gincy
印　　刷／漾格科技股份有限公司
電腦排版／陳瑜安
經 銷 商／聯合發行股份有限公司
客服專線：(02)2917-8022　傳眞：(02)2911-0053

■ 2021 年 1 月初版　　Printed in Taiwan
■ 2022 年 11 月初版 5.5 刷

定價 / 270元

ISBN　978-986-99411-8-1

POPO城邦原創 www.popo.tw　城邦讀書花園 www.cite.com.tw